講談社文庫

ウェディング・マン

日野 草

JN054735

講談社

ウェディング・マン

Wedding man

e n t s

c o n t

1. Something Old Job
（なにかひとつの昔からの仕事）

聞いた言葉を、菅沢立夏《すがさわりつか》は頭のなかで反芻《はんすう》した。

それから、修理済みの年代物のおもちゃが並ぶ棚を覗き込んでいる若い男に尋ねた。

「……すみませんが、今の質問の趣旨を説明していただけませんか？」

「だからね、あんたみたいな人が、どうやって結婚できたのかと思って」

溝口亮馬《みぞぐちりようま》は振り返ることなく、さきほどと同じ返事を寄越した。

このまま会話が進まないのは好ましくない。立夏はとりあえず答えた。

「相手が同意してくれたので、役所に婚姻届を提出した……からです」

亮馬は体を震わせたかと思うと、豪快に笑い出した。

「溝口さん？」

三ヵ月ほどまえ、時計と古いおもちゃの修理を引き受けている立夏の仕事場に、彼は突然やって来た。持ち込まれたのは古いオルゴール。昭和の中頃のもので、製作した会社は立夏が生まれる以前に廃業していた。中を開けてみると、音を出すための櫛《くし》歯《ば》の根元のネジが外れていた。円筒につけられた突起で櫛を弾《はじ》いて音を鳴らすタイプのものだったので、櫛歯を固定してネジを巻いただけでオルゴールはメロディを奏でた。

念のため、ゼンマイの様子も見ておいた。保存状態は悪くなかった。むしろなぜ強度があるはずの櫛歯のネジが外れたのかということのほうが疑問だった。もしかしたら持ち主の知らないところで子供が中を開けていじったのかもしれない。この種のシリンダーオルゴールの装置をぱっと見たとき、いちばん「いじりたくなるところ」は、この櫛歯のネジだろう。

修理が終わると、亮馬はひどく感激した。たいしたことはしていないと説明したが、彼は感激の理由をとうとうとまくしたてた。

彼は大船《おおふな》にある老舗《しにせ》のアンティークショップの跡取り息子だった。母親は亮馬が中学生の頃に家を出て、現在は音信不通。一緒に暮らしている父親は、たった一人の息子を抑圧するという。

今日もその父親から、亮馬はこんなことを言われた。

このオルゴールを近所のゴミ箱から見つけた。今日中に、これを商品として売れるものにしてみろ。

そう言うと亮馬にオルゴールを押し付けた。

亮馬は急いでネット検索をし、立夏が出している広告を見つけて電話をかけてきた。オルゴールの修理を専門に請け負う業者は少ない。そういう専門の職人では、修理してもらうまでに何日も待つだろう。古い時計やおもちゃの修理人なら、もしや、と思ったのかもしれない。

立夏が「状態を見てからでないと何とも言えませんが、努力はします」と答えると、亮馬はすぐにやってきた。そして立夏は一日どころか、一時間で直して見せたのだ。

亮馬は喜んでいたが、立夏には引っ掛かるところがあった。オルゴールは簡単に直った。父親が言った「商品になるようにしろ」とは、音が鳴るようにしろという意味ではなく、音が鳴らないオルゴールをそれでも売れる物にしてみろという意味だったのではないか。

しかしそのことを伝えるのも気が引けた。そこで、代わりに教えた。

「そのオルゴールは珍しいものです。作られたのは昭和二十年代なのですが、当時採用されていた曲はたいていが外国の有名なクラシック曲です。でもこのオルゴールは、『恋はやさし野辺《のべ》の花よ』。大正時代の流行歌です。いちおう西洋のクラシック音楽が原曲ですが、この時代に制作されたオルゴールでこの曲を奏でる物を僕は初めて見ました。田谷力三《たやりきぞう》という、当時の人気歌手の持ち歌で……」

脳内にあった知識を、端折《はしょ》ることなく伝えた。

またいつもの顔を見ることになるだろうと、そのときは想像していた。こうした行為は知識のひけらかしにあたり、大抵の人は眉を寄せる。だが立夏は、相手を不快にさせない言葉選びが苦手だった。

亮馬もうんざりするかもしれない。そんなふうに考えながら説明を終えたが、亮馬は興味深そうに聞き、丁寧なお礼を残して出ていった。

三日後、彼はふたたび仕事場へやって来た。

亮馬は興奮しながらこう話した。立夏から聞いたオルゴールの曲とそれを歌った歌手の説明を物語風にして紙に書き、オルゴールの横に表示しておいたところ、すぐに買い手がついたという。

それから亮馬は、立夏のもとへちょくちょく通って来るようになった。あるときぽろりと漏らしたところによると、父親に知られていない知人ができて嬉しいのだそうだ。

「ばかみたいだろ。いい歳して親父を怖がって」

立夏は首をひねった。

「そうなんですか？」

「そうなんですかって……」

「僕にはわかりません。父親がいたことがないので。自分が経験していないことですから判断できません」

立夏は自分の家庭環境を亮馬に話した。

物心ついた頃から母親と二人暮らしで、父親のことは何も知らない。母親に尋ねてみたことはあるものの、そのつど違う答えが返って来た。実業家だったり、アスリートだったり、学生時代の恋人、果ては外国で知り合った金髪碧眼《きんぱつへきがん》の美青年——息子の黒い目と髪の色は、妄想の恋人を語るときの彼女には見えていなかったのかもしれない。

そんなことが続いたので、小学校を卒業する頃には、立夏は自分の遺伝子のY染色体の由来について知ることは諦めていた。母親は夜の仕事をしていたが、どの店でも長続きしなかった。あたしには接客業は向いていないから資格を取ると言い出し、その勉強のためにと仕事を辞め、かと思えば数週間も留守にして、資格ではなく男の悪口を持って帰ってくる。そういう人物だった。その悪口を聞くのが、立夏は嫌でたまらなかった。

家に残された立夏は、家事の大半をこなした。母親は教えてくれなかったが、とにかくやらねばという思いで挑むとなんとかなるものだった。一人ぼっちで過ごす夜、母親の食事も用意し、また、彼女が帰って来たときにすぐ会えるよう、玄関の近くに布団を敷いて寝た。目が覚めても母親はおらず、冷めた食事を温め直して自分の朝食にし、学校へ行った。

流れとして話すべきだと思ったから打ち明けたまでのことだったが、亮馬は涙ぐみ、つらいことを思い出させて悪かったと謝った。

その日、立夏の仕事場を去るまえ、亮馬はかすかなためらいを見せたあとで言った。

「なあ。あんたのこと、友達だと思ってもいいか？」

立夏は驚き、ある意味では打ちのめされながら、掠れた声で答えた。

「……あなたさえ良ければ」

そして、今。『友達』の亮馬は、あの頃よりも打ち解けた笑顔で立夏を振り返った。

「俺には結婚はものすごく難しい。あんたみたいなタイプにとっても、難易度は高かったんじゃないかと思って。だから、どうしてできたのか不思議なんだ。……こんなこと言われて嫌じゃない？」

立夏は姿勢を正し、軽く微笑みつつ頭を振った。友達から相談ごとを持ちかけられたときには聞くものだと、身近な人物から学んでいる。

亮馬は視線を逸《そ》らし、呟くように言った。

「まえにさ、フラグが立ったことがあるんだ」

フラグ？　心の中で首を傾《かし》げた。どうも「旗」を指している言葉ではない気がする。

こんなとき、彼女が傍にいてくれたらいいのに、と思う。きっと彼女なら、正しいアドバイスを囁《ささや》いてくれただろう。

そう考えた途端、ふっと視線が時計に向かった。午後一時十分。まだ時間はたっぷりとある。大変な予定を控えているときだと、時間の進みが遅く感じるものらしい。

立夏は緊張を隠して、亮馬の話に耳を傾けた。

「近所のコンビニでバイトしてた娘なんだけどね。歳は二十一歳。かわいい子でさ、よく俺、そこで買い物してたんだ。声かけて、デートもしたけど、うまくいかなかった」

立夏はあと少しで「なるほど」と声を上げそうになった。旗が立つ、というのは、どうやら恋愛の予兆を感じた、という意味らしい。うまい比喩だ。

亮馬の目がこちらを見た。何かを言って欲しがっているような気がして、立夏は言葉を組み立て、口にした。

「そのフラグを立てた過去の女性のことが、あなたはまだ忘れられないと？」

「いや……ちょっと違う」

「やり直したい、ということではないのですか？」

「……付き合うじゃん？　そうすると、その先に結婚とかあるわけじゃん」

「必ずしもそうではないと思いますが、可能性はありますね」

小さく笑い、亮馬は口調を変えた。

「あんたさ、いつもその話し方なんだよな？」

「はい」

「奥さんが相手でも？　奥さん、やめてくれとか言わない？」

「その質問の答えは、両方とも『はい』です」

亮馬が喉を震わせた。彼の笑い方が立夏は好きだ。嘲《あざけ》りではなく、純粋に楽しくて笑っているとわかるからだ。

「そうなんだ。……どうしてそんなに丁寧に喋《しゃべ》んの？　ずっとその話し方で疲れない？」

いいえ、と立夏は頭を振った。

「僕は人間が苦手ですから、相手とのあいだに壁があると安心するのです。守られていると言うか、不用意に傷つかずに済むと言いますか。衣服は体温調節の役割もありますが、自身を守る役目もあると思うのです。僕にとってこの喋り方は、服を着て外を歩くのとおなじくらいに自然なことなのです」

「……それ奥さんにも言った？」

「はい」

「奥さん、なんて返した？」

そのときのことを正確に思い出すために、立夏は少しだけ考えこんだ。

「……『その服はあなたに似合ってるから、着ててくれて構わない』、と」

亮馬は弾けるように笑った。

遠慮も配慮もない笑い方だった。大抵の人間は立夏が丁寧に話す理由を言うと、触れてはいけない話題だったとばかりに顔を逸らして話題を変える。亮馬のこんなところも、立夏にはありがたい。

亮馬は笑みを収めると、続けた。

「あんたはいいなあ。俺、幸せの気配を感じると身構えちゃうんだよね。おふくろはさ、家を出てくとき、俺も連れて行こうとしてくれたんだ。でも俺が自分で、親父のところに残るって言っちゃった」

「……そうだったんですか」

「うん。残される親父に同情しちゃったのかもな。それに、不幸だと安心しない？　幸せは、ちょっと怖い。まして結婚だろ。親父はおふくろが出てくなんて想像してなかったみたいだし、俺は親父の息子だから、いつか結婚したら俺も、相手にそういうことされるんじゃないかと思っちゃうんだ」

立夏は特に表情を作らず黙っていた。そのまま数秒が経過すると、亮馬は口角を上げた。

「だから、参考までに訊きたくて。あんたはどうやって奥さんを信頼したのか」

そこまで言われて、ようやく質問の意図を理解できた。

亮馬は、立夏の育った環境であれば女性不信に陥るのが当然で、二十六歳の若さで結婚したのはなぜなのかと疑問を抱いているのだ。

「よっぽど運命的な出会いだったとか？」

亮馬が立夏の左手に視線を落としたので、立夏も自分の薬指を見た。およそ百二十日を共にしたプラチナの輪は、最近ようやく肌に馴染んできた。

「運命的、というほどでもないと思います。たまたま、お店を見つけただけのことですから」

「店？」

「仕事の打ち合わせのために横浜駅まで出かけたときのことです。陽気のいい日で、そのまま戻るのはもったいないように思われました。そのためふらふらと散歩をしたのです。繁華街と住宅街の境目のような場所にさしかかったとき、埋もれるように存在しているカフェを見かけました。《薄荷《はっか》》という、半分がハーブショップになっているカフェです。ちょうど歩き疲れたところでしたし、静かな佇まいが素敵だったので入りました。そこで彼女が働いていたのです。お茶も食事もおいしかったので通うようになりました」

顔を上げると、亮馬が食い入るようにこちらを見ていた。

「あるとき、彼女と話が弾みました。《薄荷》が家族経営であることを打ち明けてくれたときでしたか。彼女はハーブを育てるための畑を借りたいのだけれども、適当なところがなかなか見つからないと言っていました。そこで僕は、僕が持っている土地のことを話しました」

亮馬が驚いた顔をした。

それを見た立夏は、そういえば土地のことを話すのは初めてだったな、と気付いた。立夏の母は酒に酔った状態で車に轢《ひ》かれて亡くなった。その相手から受け取った金を元手に買った土地だ。

「秩父《ちちぶ》に買った土地です。ここからかなり距離がありますし、周りに何もありませんが、それでも構わなければ、と。いずれ田舎に引っ越したいと思っていまして、そのための土地ですが、もとが農家だったので畑もあります。そう言いました」

何がどう作用しているのか理解できないが、亮馬は不安げな表情を浮かべた。

だが口を挟む様子はないので、そのまま言葉を続けた。

「確かそのとき、他のお客さんが来たか何かで彼女が離れたのです。そこで僕は僕の連絡先を、おなじ店で働いている彼女の妹さんにお渡ししました。その夜、彼女から連絡がきました。そして彼女のお店が休みの日に会うことになりました。場所は赤レンガ倉庫でした」

立夏は窓の外を見た。

道路を挟んで対面するレンガ造りのビルに阻まれて見えないが、その向こうに赤レンガ倉庫がある。昔は文字通り倉庫として使われていたが、今は商業施設になっている。

「それから何度かお会いしました。畑の話ももちろんしましたが、他愛のない話も。僕の話し方を自然に受け入れてくれて、とても新鮮でした。別れるときは寂しかったです。そのことを素直に言うと彼女もそうだと言ってくださいました。僕らは愛し合っているらしいと。それを確かめた日、彼女は僕のアパートの部屋に泊まりました。翌朝になっても気持ちが変わらないどころか深まっていました。そんな状態がしばらく続いたので、これなら一緒に生きていくべきだと思いまして。僕からおなじ苗字になりませんか、と申し込みました。それから今に至ります」

「いいなあ、そういうの。特別な感じがする。俺にもそういうひとが現れて、ぱあっと人生が変わったらいいのにな」

亮馬の顔からはいつの間にか不安が消えていた。

立夏はもういちど時計を見た。針はほとんど進んでいなかった。

「けどさ……」唐突に、亮馬の口調が変わった。

急いで彼を見ると、亮馬の顔には不安とも心配とも違う、測りがたい表情が貼りついていた。

「気をつけなよ。余計なお世話だとは思うけど、あんたおっとりしてるし、土地を持ってるってことは……」

「溝口さん？」

「いや、いいや」

亮馬は足元に置いていた彼の鞄を取った。

「まあとにかく、新婚生活お幸せに。あ、今日頼んだ仕事はさ、期限は切らないから。終わったら連絡くれよ。いつもどおりショートメールで」

亮馬の父親は彼のスマートフォンの着信履歴を監視するらしい。スマホは仕事に使っているから、店主たる自分はその履歴を見る権利があるというのが彼の父親の理屈だ。だがスマホに詳しくない彼の父親は、着信履歴とメール、そしてSNSの履歴は覗き見ることができても、ショートメールサービスのことを知らないらしい。

「わかりました。終わったら連絡します」

亮馬が立ち去る気配を見せたので、立夏も彼を見送るために机を離れた。廊下に続くドアを開けたところで、ふと、亮馬は立ち止まった。

「あのさ……」

「なんでしょうか？」

「さっきはあんなこと言って悪かったよ。ただどうしても、幸せは壊れやすいもんなんじゃないかって思っちゃって。ドラマでよくあるじゃん、土地が目当てでっていうやつ。ごめんな、信頼できる相手がいるあんたに、ちょっと嫉妬したのかもしれない。大事にしなよ。たぶんあんたが思ってる以上に、そういう相手と出会えるチャンスってないよ」

「僕もそう思います」

亮馬は足早に去って行った。ドアが閉まる。

立夏はいったん机に戻り、作業を続けた。やがて午後二時を過ぎた頃、必要な荷物だけを持って仕事場を出た。

立夏が借りている部屋は、五階建ての雑居ビルの四階にある。フロアの狭い廊下には、互い違いにドアが四枚、向かい合っている。廊下は静かで、空気は冷えていた。しかし外は暑いのだろう。

エレベーターで一階に降り、仕事場の鍵を郵便受けの中に入れた。郵便受けにはダイヤル式の鍵がついているが、妻には防犯意識が低いと言われる。しかしこうしておいたほうが、鍵をなくさなくていいのだ。

階段を使って降り、ロビーから外に出た。陽は高く、快晴で、風もない。むわっとした空気に包まれて、すぐに汗が噴き出してきた。

念のために見回したが、亮馬の姿はすでになかった。彼はバイクで大船まで帰る。いつもビルの前に駐車してあるバイクは消えていた。

立夏は近くの駐車場に急いだ。

ここは横浜の馬車道《ばしゃみち》。古い建物が並ぶこのあたりは観光地としても名高い。歩道を急ぎながら足元を見ると、銀色の線が二本延びていた。その昔、横浜を走っていた馬車鉄道の線路だ。線路の上を、馬が牽引する車両が走る光景とはどんなものだったのだろう。

銀色のラインを越えて歩き、やがて、モダンな街並みから隠れるように存在している月極駐車場に入った。

その片隅に停めてある、軽自動車の運転席に滑り込む。

緊張が高まるのを感じながらシートベルトを装着した。ハンドルを握った手は、暑さのせいだけではなく滑《ぬめ》っている。

冷房を入れ、服に掌をこすりつけ、立夏は深呼吸を繰り返した。次第に冷静な思考が戻ってくる。波立っていた心がしんと落ち着いて、降り積もるような感情が溜まってきた。悲しみと、諦め。そしてわずかな希望が輝いている——

立夏は亮馬の言葉を思い出した。

信頼できる相手に巡り会えるのは貴重。

そのとおりです、と立夏は心の中で亮馬に語り掛けた。僕は彼女を信じています。彼女がしている行為が何であれ、それを彼女が選んだのであれば正しいのでしょう。

……だからこそ。

確かめなければならない。

妻が、四ヵ月前に僕の苗字になってくれた菅沢恵里香《えりか》が、僕に隠れて何をしているのか。

立夏はエンジンをかけた。

一路、恵里香の家族が経営するカフェ《薄荷》を目指す。

店は横浜にある。駅前のロータリーから十分ほど歩いた住宅街の一角だ。立夏の仕事場がある馬車道からは、二駅ほど離れている。

《薄荷》に着いたとき、車に備え付けられた時計は午後二時三十分を指していた。

車が二台擦《す》れ違えるほどの道路に面して建てられた、奥行きの狭い横長の二階建て。一階部分のうち向かって右側半分がカフェ、左側半分はハーブショップになっている。二階は住居で、今は恵里香の伯母である陽子《ようこ》と息子の正樹《まさき》・柳《りゅう》兄弟、そして恵里香の妹の茉菜《まな》が暮らしていると聞いている。

恵里香もまた、複雑な背景を持つ女だった。

恵里香が高校生、茉菜が中学生のときに両親を亡くし、伯母である陽子と、その夫の豪《つよし》のもとで育った。豪は立夏が恵里香と出会う前に癌《がん》で亡くなっていたので、立夏は面識がない。陽子のほうは小柄でしっかりした性格の女性だった。昔事故に遭ったとかで、右足が少しだけ不自由だった。

正樹は高校卒業後に働き始めて、今もどこかの運送屋のドライバーをしている。柳のほうはちょっとした問題児で、短期のアルバイトをこなしながら遊び歩いているらしい。

立夏は恵里香と付き合い始めてから早い時期に家族に挨拶《あいさつ》をしたのだが、礼儀正しく挨拶をしてくれた正樹に対して、柳のほうはにやにやと笑いながら握手を求めてきた。これがいわゆるチャラ男というものかと感想を抱いたが、その軽妙な態度が立夏は少しだけ羨ましかった。彼は初対面の立夏に親しい友人のような口ぶりで話しかけてきた。いったいどうしたらそんなに簡単に、人と人との垣根を飛び越えられるのだろう。彼のように生きることができたら、自分も今頃はふつうの会社に就職して、飲み会やら合コンやらを楽しむ日々を送っていたのかもしれない。そうなっていたら恵里香とも出会わなかった……というところまで考えて、柳に対する羨ましさは消えた。

立夏は車の中からしばらく《薄荷》の様子を窺ったが、カフェを出入りする客の姿は見なかった。

窓際のテーブルにも人影はない。よく見るとカフェの入り口扉に小さなプレートが下がっていた。休憩中と書かれたものだろう。

一方、ハーブショップの店先には、陽子の姿が見えた。六十近い陽子は短い白髪を染めもせず、泰然とした様子だ。

体は小さいのに、風格のある女性だと、初対面のときにも感じた。細くて鋭い目と、見た目に似合わない低い声のせいかもしれない。店の中を、杖をついてゆっくりと移動している。

《薄荷》の前をゆっくりと通過して、角を曲がった。そこには小さな駐車場がある。最近では珍しい、砂利《じゃり》敷きの駐車場だ。四台分のスペースに、今は三台が停まっていた。

駐車場の前を通り過ぎ、次の曲がり角を右折する。細長い雑居ビルが真横にあった。聞いたこともない名前の会社の看板を一瞥《いちべつ》して停車し、曲がり角のミラーをリアウィンドウ越しに確認した。円形の鏡の半分に駐車場が映っている。

助手席に置いたデイパックからスマートフォンを取り出し、ミラーを見ながら番号を押した。

『はい。立夏？』六回目の呼出音のあと、恵里香の声が流れて来た。

立夏は頬が緩むのを感じた。

「こんにちは。突然お電話をしてすみません」

『ううん、そんなことないよ。どうしたの？』

流れ込んでくる声を反芻した。ふだんの彼女と違うところはないか。焦っている感じはしないか。しかしどこにも異状は認められなかった。

「……これから遅い昼食を摂るのですが、ご一緒できませんか？」

『あーごめん。今お店、お客さんでいっぱいで』

さらりと吐かれた嘘が立夏の胸を刺した。声が濁るのを感じながら、なんとか言葉を絞り出した。

「いえ、こちらこそ、急でしたから……。一人で食べて来ます」

さりげないが、重要な意味を持っている質問である気がした。

『どこで食べるの？』

「仕事場の近くのカフェで。前に行ったことがあるでしょう？　モダンな建物の一階にある」

『ああ、あの。サンドイッチがおいしかったところね。そっか。また誘って。私からも声を掛けるわ』

「はい。……それでは」

『うん、じゃあ夜にね』

お互いに、ほとんど同時に通話を切った。

どうしようもない事実が、立夏の心に毒のように染み込んで来た。彼女は懸念したのだ。立夏がもし《薄荷》の近くまで来ていて、休憩中のプレートを見てしまったら……と。

立夏は胸を捉える痛みに耐えるため、しばらくシートに背中を預けた。

視界に映っていたカーブミラーを、一台の車が横切った。視線で追いかけた立夏は、車の運転席にいる男を見て跳ね起きた。

恵里香の従兄弟《いとこ》の正樹だった。遠目だが、がっしりとした体つきは最後に会ったときと変わらない。慎重に車を駐車場に入れている。幸いそこはカーブミラーに映る位置だった。

立夏は、自分の姿もまた向こうから見えるのではないかと、息を詰めながら見守った。

車を停めた正樹は運転席を降りて、どこかに電話をかけた。ほどなくして、二人の女性が駐車場に現れた。立夏の腹が鈍痛を訴えた。やって来たのは恵里香と、妹の茉菜だった。

しかも、恵里香の服装は今朝自宅を出たときとは異なっている。夏の日差しを跳ね返すような白いサマーニットと藍色のサブリナパンツだったのに、今は黒いTシャツとデニム姿で、見慣れない青いバッグを提げている。足元のスニーカーも、家の靴箱で見かけたことはない。一方の茉菜も地味な恰好をしていた。可愛らしい服装をしている彼女しか見たことがない立夏には、別人のように見えた。

幸せは怖い。不意に、亮馬の言葉が蘇った。追い払おうとしたが、声はより鮮明になって続いた。幸せは壊れやすいから――そんなことはないと否定したくても、そもそも自分が今日ここにいる現実が、亮馬が言ったことを肯定してしまっている。

立夏の焦りをよそに、恵里香は運転席に乗り込んだ。正樹と短い会話を交わした茉菜も、遅れて助手席に滑り込む。

正樹は車から離れて、駐車場から出て行く車を見送った。

二人が乗った車は、立夏が停車している方向へは来なかった。そのまま正樹が店へ入って行くのを見届けてから、立夏は車を方向転換し、恵里香たちのあとを追った。

＊

車が走り始めても何も喋らない妹の横顔を、恵里香は何度か盗み見た。

今年成人したばかりの茉菜の顔には幼さが残っている。もともと年齢より若く見られがちな子だ。本人はそれを嫌がって髪を短くし、明るい色に染めているが、それが妖精じみた可愛らしさに拍車をかけている。じっと押し黙っている今は、なおさら人形のようだ。

信号で停車したとき、茉菜は耳を澄ますような様子を見せ、口を開いた。

「静かだね」

指で背後を示す。

その意味を理解した恵里香は振り返った。後部座席には誰もいないが、茉菜が気にしたのはそのさらにうしろの部分だ。

「そうね。観念してるんだろうね」

「運転席で話すと、あの子に聞こえちゃうかな」

「大丈夫だと思う。よっぽど大きな声を出さなければ」

車が動き出した。

茉菜はまた、しばらく黙り、それからさっきよりも声を落として言った。

「……このあいだの話だけど、どうする？」

「それ、正樹さんが言い出したことなの？」

茉菜は頭を振った。

「あなたから？」

「うん。何よ？」

恵里香は自分が微笑んでいることに気づいた。

「べつに」

「気持ち悪いな。言って」

「嬉しいの。あなたにも信じられる人ができて」

茉菜は一瞬言葉に詰まった。

「……あなたにも、っていうことは、やっぱりお姉ちゃんは立夏さんのこと好きなんだね」

こんどは恵里香が口を閉じる番だった。

左手の薬指で光を反射している指輪に目がいった。一瞥しただけで、この指輪を選びに行った日の思い出や、指に嵌めてくれたときの立夏の手の緊張が蘇ってくる。同時に、ついさっき立夏に嘘をついたのを思い出し、恵里香はこみあげてきたものを呑み込んだ。

「あたりまえでしょう。夫婦なんだから」

「うふふ」

「何？」

「お姉ちゃんが幸せそうで良かったなあって」

茉菜のやわらかな笑い声が消えた車内はふたたび静寂に包まれた。容易に答えられない提案であることは、茉菜にもわかっているのだろう。正面を見たまま口を閉じた茉菜には、結論を急がせるような様子はないが、腿の上で固く手を握り合わせている。

思い切って訊いてみた。

「もし私が断ったらどうするの？」

「断りたい？」

「そういうわけじゃない。ただどうするのか訊きたいだけ」

「正樹さんと二人でやる」即答だった。「お姉ちゃんなら、参加しなくても告げ口したりはしないでしょう？」

「……柳には？」恵里香はもう一人の従兄弟の名を口にした。

「言うわけないでしょ」

「じゃあ、あなたと正樹さんと二人だけでやるつもり？」

「そう」

「そんなの……」

「難しいよね」

茉菜は束の間沈黙した。

「でもだからって、無理に協力して欲しくはないの。お姉ちゃんには立夏さんがいる。お姉ちゃんがあたしの幸せを願っていてくれるのとおなじように、あたしだってお姉ちゃんには幸せでいてほしい。まして立夏さんは部外者なんだから。いざとなったら、二人で逃げて」

こちらを見た茉菜が目を瞬《しばた》いた。

「なんで笑ってるの？」

「大人になったなって思って。あなたが」

「やめてよ。たいして歳は違わないでしょ」

わずかに間を置いて、恵里香は尋ねた。

「あなたたちのこと、お母さんは知ってるの？」

恵里香が落とした沈黙の半分の時間で、茉菜は答えた。

「うん、たぶん。でもそれ、今回のこととは全然、関係ないよ」

「そう、わかった。私もやる」

「……今なんて？」

「やるって言った。私も、あなたと正樹さんと一緒にやる」

「ほんとに？」

「本当。本気」

「無理してない？」

「してない」恵里香は顔を拭った。頬が熱い。「話を聞いたとき、私もやろうって決めてたの。すぐに答えなかったのは、立夏のことがあったから。彼は何も知らないし関係がない。もしやるとなって、失敗したらと思うと、まだ少し迷いがあった」

「それなら――」

「ううん、一緒にやりたいの。成功するにしても失敗するにしても、あなたたちに協力しなかったら私は一生後悔する。すぐに返事をしなかったのは心を決める時間が欲しかっただけ。もう聞いちゃったんだから……あなたが参加するなと言っても、絶対に協力するからね」

言い切ったものの、途中にあいた間を茉菜は聞き逃さなかったようだ。前を向いて、ふたたび考え込んでいる。妹の心に走る小さなひび割れを思って、恵里香は言葉を選んだ。

「心を決める時間だけじゃなくて、立夏と過ごす時間を嚙みしめていたかった。やるからにはもちろん成功させる。でも万が一っていうことはあるでしょ。だから、これが最後になるかもしれないから、立夏と一緒にいる時間を大切にしたかった」

「どんなふうに大切にしたの？」

「べつに、普段通り。ちょっとだけ料理を頑張ったり、立夏の話を真剣に聞いてあげたり、そういうこと」

「ほんとに好きなんだね」

「あなたは？　正樹さんとは何か特別なことした？」

「ううん。あたしはいつでも彼を大切にしてるから」

少しだけ笑い合った。

「じゃ、これからのことを話すね。あたしたち、ちゃんと準備もしてたんだ。まず――」

計画の説明を聞きながら、恵里香は茉菜に気づかれないようにハンドルを摑む指先に力をこめた。心の奥に隠している秘密を打ち明けるべきか迷う。しかしこれ以上、危険を増やすべきではなかったし、茉菜が知らないままでも今後の行動に支障はないと思われた。

「よく考えたでしょ？」

自慢げな茉菜に、恵里香も同意した。

茉菜は満足げに微笑んだが、すぐに吐息をつき、まるでこの話題を持ち出せるときを待っていた、というように話し始めた。

「さっきの電話、立夏さんからだったでしょう？」

出かける準備をしていたときに掛かってきた電話のことを言っているのだと、恵里香にはすぐにわかった。

「スマホ、お店に置いて来ちゃったけど、大丈夫かな。また掛かってきて、出ないことを不審に思われたりしないかな」

「たぶんもう掛けてこないと思う。お店が忙しい雰囲気を伝えておいたから」

言いながら、寂しさを感じた。この作業に出かけるときは、位置情報を気にしてスマホを持たないのが習慣になっているが、今日に限っては直前に立夏の声を聞いてしまったせいだろう。あの薄い通信機器が無性に恋しくなった。

「そっか」茉菜はわざとらしく肩を竦めた。「そういうものなんだね。あたし、たまに自分の常識とか感覚が、世間のふつうとズレてて怖くなることがある。『このやりかたで正しいのかな』って。ふつうの人たちはもっとべつの方法で、大切な人を大切にしてるのかもしれない。そんなこと考えて不安になっちゃうんだ」

　それは恵里香もおなじだ。立夏と結婚したばかりの頃、恵里香は世間が規範として掲げている新婚生活の見本をなぞった。朝は早く起きて朝食の支度をし、身なりを整えて立夏を起こしに行く。笑顔で送り出し、夜は一緒にコーヒーを飲みながらテレビを見る。

　だが見様見真似の生活からくる緊張は、すぐに立夏に見抜かれた。朝がつらいなら僕が食事を作りますよ、と言われたときには、嫌われてしまったかもしれないと絶望した。次第に立夏のほうも、何かを我慢しているような様子を見せるようになり、ひと月ほどで家庭内はぎくしゃくとした雰囲気に包まれた。

そのことについて二人で話し合いをした。立夏は、自分にはふつうの家庭というものがわからないから、新婚の夫らしい態度とはどういうものなのか考えながら生活をしていた、と打ち明けた。恵里香が食事の支度を自分でしたいのなら邪魔をしてはいけないとも思ったし、一方で、家事は分担するのがあたりまえなのではないか、とも悩んでいる。

それを聞いた恵里香の張り詰めていた心がふっと緩んだ。あやうくすべてを打ち明けてしまいそうになった。しかし、立夏が知っている恵里香の『つらい過去』は、両親を失い、伯母のもとで育ったという部分だけだ。言葉を選びながら、ずっと自分の家庭が欲しかったから、やっと手に入れた新しい生活を壊すまいと気を張りすぎていた、と説明した。

すると立夏も安堵して、僕たちはお互いにいらない配慮をしていたんですね、これからはそれぞれが考えるふつうでいましょう、と笑ってくれた。あの笑顔を見たとき、恵里香は立夏に本当の恋をしたのかもしれないとさえ思う。

「正解なんかないのかもしれないよ」

恵里香は前を向いたまま続けた。

「こうじゃなきゃいけないっていう、暮らし方のルールみたいなもの。いっそないほうが、自分たちで工夫して生きていけるじゃない」

「いいこと言うじゃん」

お互いに口を噤み、恵里香は運転に集中した。

やがて窓の外には建物が少なくなり、緑が多くなった。夏の日差しを呑み込んで、草木が繁殖している。車道を逸れて山道に入った頃には、他の車を見かけなくなっていた。

くねる上り坂を慎重に進んだ。このあたりは道幅が狭く、正面から車がきたら対応が大変なのだ。もっともここへ通うようになってからいちども、対向車が現れたことはない。

なにげなく茉菜を見ると、手の中で何かを弄んでいた。掌に握り込むのにちょうど良い、鈍色《にびいろ》の金属だ。

「――その鍵……」

最近の鍵にしては大きくて長い、持ち手の部分が大きく膨らんでいる鍵だ。

「あなたが持ってるの？　持ち歩いていいの？」

茉菜は静かに微笑んだ。

「正樹さんが、あたしに預けるって。部屋に隠そうにも、隠すところなんてないじゃない？」

「しまって」

「わかった。ごめん」茉菜は鍵を丁寧にハンカチでくるみ、パンツのポケットに押し込んだ。

孤独な走行を続けているうちに、古びた木製の門が見えてきた。門の両脇は荒れた生垣《いけがき》に囲まれている。

恵里香は気分を切り替えた。

門の前で車を停めると、茉菜は助手席から外へ出た。

恵里香も駆け寄って、門扉を押した。門扉がゆっくりと内側に開くと、荒れた庭園が現れた。かつて整備されていた頃の面影が、雑草の隙間から覗く敷石《しきいし》や、傾いたつくばい、茂った植木に残っている。庭の奥には雑木林を背負った平屋建ての家屋もある。屋根瓦が落ち、縁側の一部が崩れたその姿は、時間という獣に食べられていく死骸のようだ。

茉菜が門の脇に退《しりぞ》くのを待って、恵里香は運転席に戻り、車をゆっくりと進めた。

「あっ――」

茉菜の鋭い声が聞こえたのは、それまで死角になっていた庭木の陰に、色鮮やかなスニーカーを履いた青年の姿が見えてきたときだ。

恵里香も眉を寄せた。心がずんと重くなり、不安が心臓に噛みついた。だがすぐに、大丈夫、と自分に言い聞かせた。こうなることを予想して、ちゃんと準備をしてある。

恵里香は後部座席に置いたバッグのことを考えた。

車が近づいても、青年はこちらを見なかった。

広告の中でポーズを取っているモデルのようにすらりとした脚を動かして、地面を踏みにじっている。アリか何かを潰しているのかもしれない。

バックミラーに映る茉菜は、いかにも嫌そうに青年を睨んでいるが、恵里香のほうは青年の出現を予期していた。恵里香と茉菜に一緒に仕事をさせるときは、高確率で彼が寄越されるからだ。不安は膨らんだが、こちらも用心はしてあるし、彼のまえでこれをするのは初めてではない。

恵里香は車のエンジンを切り、後部座席に置いたバッグを一瞬だけ振り返った。

外に出ると、茉菜は青年から顔を背けて近づこうともしない。恵里香は後部座席へ回り、バッグを肩に引っかけて茉菜の前に立った。

「柳」

呼びかけると、青年は顔を上げた。

まだ少年の面影が残る若い顔だ。体格は大人と変わりないが、生意気な目つきが世間を馬鹿にしているようで、幼い印象を見る者に与える。

正樹の弟、柳。しなやかに揺れて突風にも折れない植物の名前は、取り澄ました雰囲気の青年によく似合っていた。

「……来てたの」

「来たよ」

「車は？」

柳もここまで車で来たはずだが、庭のどこにも見当たらない。

柳は平屋の住宅を顎で示した。よく見ると、建物の脇からミニバンの鼻づらが突き出ている。

「やあ、茉菜ちゃん」恵里香のうしろの茉菜に向かって、柳は片手を挙げた。

その手にはハンディカメラが収まっている。恵里香は自分の体が強張るのを感じた。撮られるのはいつものこととはいえ、拒絶する気持ちは抑えようがない。

横目で見ると、茉菜も拳を握っていた。唇を固く結び、乾いた光を瞳に浮かべ、柳への嫌悪を隠そうともしていない。

柳はそんな茉菜ににっこりと笑いかけた。茉菜は素早く目を逸らした。

「じゃあ、録画を始めるね」

柳は声も若い。春の日差しを閉じ込めたようなみずみずしさに溢れている。

宣言してカメラを構え、恵里香と茉菜に交互に向けた。茉菜はさらに目を伏せ、恵里香もカメラを見ないようにした。

「そういえばさあ、恵里香ちゃん。旦那様とはどうなの。夜のほうは毎日あるの？」

「なんてこと訊くの」茉菜が尖《とが》った声を出した。

恵里香は背中で柳の声を弾き、車のうしろへ回った。トランクは車を降りるときに開錠してある。

「早い人は新婚半年目くらいから浮気するって言うけど、大丈夫？」

柳の口調には、あえて恵里香を苛立たせようとしている響きがある。恵里香はわざと微笑みかけ、教えてやった。

「あいにく仲はいいの。今日だって、一緒にお昼食べようって電話をかけてきたくらいだから」

「それ、今日に限って？」

「どういう意味？」

「今日突然電話をかけてきたなら、もしかしてと思って。何か気づかれてたりするんじゃないの？」

恵里香の足が止まった。動揺を悟られまいとしてすぐに歩き出したが、動きがぎこちなくなるのはどうしようもなかった。

「そんなことない。電話をしてくるのは珍しいけど。メッセージなら一日に何度も来る」

「どんなこと？」

恵里香は柳を睨《にら》んだ。柳はぬるりとした悪意を被せた微笑みで、恵里香のまなざしを跳ね返した。

「……窓の外に珍しい鳥がいるとか、近所を気晴らしに散歩していたら果物の移動販売があったからイチゴを買ったとか、そういうささやかなこと」

「へえ、仲いいんだ。うまく騙してるんだね」

恵里香は腹に力をこめた。

「そうね。うまくやってるわ」

柳から離れたところで顔を顰めている茉菜を窺った。茉菜は柳の背中を、今にも刺しそうな目つきで睨んでいる。恵里香は茉菜がうかつな行動に出るのではないかと不安になった。

「仕事のために我慢してるの？」柳の声音は明るいままだ。

「いいえ。家族のため」

柳に背中を向けた。これ以上は話したくなかった。

トランクの縁に手をかけ、恵里香は静かに深呼吸をした。そのあいだに、立夏への思いを心の深いところへ沈める。ここからは自分を厳しく律しなければならない。

恵里香は車のトランクを開けた。

射しこんだ日差しに、横たわっているものが照らされた。くの字に曲がった藍色の寝袋である。チャックを下ろすと、若い女の体が現れた。少女といっても通じる年齢の顔は涙で濡れ、手首と膝、そして足首を拘束されている。ところどころ破れたシャツとショートパンツから伸びる手足には、痣《あざ》と擦り傷が目立っていた。

女は猿轡《さるぐつわ》の隙間から、くぐもった呻き声を立てた。消えそうなほど細い、かすかな声だった。車を運転しているあいだに喚いたとしても、こんな声量では聞こえなかっただろう。恵里香の視界の隅で、静かだった理由がわかったというように、茉菜がそっと頷いた。

「今ごろ立夏さん、何してるんだろうね」

「——柳、ほんとにやめて」茉菜が呻いた。

柳は喉の奥で笑った。

その声を聞きながら、恵里香はジーンズのポケットから折り畳み式のナイフを出した。

刃を起こすと、表面が日差しを反射した。拘束されている女は飛沫のような光に目を瞑り、怯えるように体を縮めた。

柳が構えているカメラがこの様子を捉えている。

「花梨《かりん》」と、恵里香は彼女の名前を囁いた。

呼ばれた女の目が薄く開き、確かめるように恵里香を見る。

「そのまま、騒がないでね。痛い死に方はいやでしょう? おいで」

恵里香は女の肩を摑んでトランクから引きずり出した。痛みからか恐怖からか、花梨は猿轡の奥で悲鳴を上げた。立とうとするが、足首と膝を結束帯で留められているので歩くことができない。恵里香はナイフでそれらを解き、寝袋を片腕でかき寄せて抱え、強い力で彼女を引き寄せて命じた。

「歩いて」

花梨がしゃくりあげながら足を動かした。恵里香は花梨が着ているシャツを摑み、雑木林の奥へ続く小道を進んだ。

すぐうしろを、茉菜の足音がついてくる。そのあとから聞こえる小刻みな足音は柳だ。彼は女たち全員の様子を撮影するために、最後尾からついてくるのだ。柳は口笛で陽気な歌を吹いた。

小道を進んでいくと、開けた場所にたどりついた。立夏が好きに使っていいと言ってくれた畑だ。かつて小松菜とほうれん草を育てていた土地は今、さまざまなハーブで埋まっていた。

畑を通り抜け、ふたたび雑木林に入る。ここまで来るともう道はない。木々の枝葉に日差しを遮られている地面は黒く、草もあまり生えていない。

「そこの左。準備しておいた」

柳に指示された方向には緩やかな斜面が続いている。その下には、さっき車で通ってきた道路が見える。

その途中、斜面を降り始めてすぐのあたりに、穴が掘られていた。傍らの木の幹には、汚れたスコップが立てかけられている。

恵里香は花梨の腕を引っ張り、そちらへ誘導した。花梨が抵抗の気配を見せたので、両手首を前で束ねている結束帯を摑んで体の向きを変えさせた。そのまま斜面を下らせる。

花梨は新しい涙をこぼし始めた。

「楽しいね」柳の声はどこまでも明るい。

柳を睨むふりをして茉菜を見遣ると、茉菜は両手を固く握って目を背けていた。

恵里香は花梨に向き直り、バッグを下ろした。中には厚手のタオルが折り畳んだ状態で入れてある。

「さっきも言ったけど、言う通りにすれば苦しまないから」

恵里香が言うと、花梨は顎を引き、悲鳴になりきらない音を洩らした。

恵里香は寝袋を地面に置いた。

「そこに寝て。袋の中に入って、仰向けに」

頭を振る。花梨の長い髪が揺れて、顔にまとわりついた。

「苦しみたい？」

花梨は緩慢な動作で、寝袋の中に足を入れた。チャックが開いたままなので、上半身は隠れない。背中が地面に着くと、女は自分の顔を両手で覆おうとした。

「手を退《ど》けて。退けなさい」

女は従った。目を固く瞑《つむ》っている。恵里香が彼女の顎の下にタオルをあてがうと、喉が鋭く息を吸い込んだ。

ナイフの位置を定める。

いったん、遠ざけて。

刺した。

手応えの直後、鮮やかな赤がタオルの布地に広がった。女の体が大きく跳ねた。

柳が言った。

「一撃で殺すと血がいっぱい出て始末が面倒だからね。じわじわ死ぬようにするんだよ。苦しませないとか嘘言っちゃってごめんね」

花梨に届いたかはわからない。目が虚ろになり、体は弛緩《しかん》しつつあった。

恵里香は素早く第二撃を打ち込もうとした。大きく振り上げて、狙ったのは最初につけた傷の横、ちょうど頸動脈《けいどうみゃく》のあたりだ。

張り裂けるような声が聞こえたのはそのときだった。

「恵里香っ――」

手が止まった。

恵里香は、声のほうを見た。

立夏の凍り付いた顔が、数メートル下の斜面からこちらを見ていた。

*

誰もが息を詰めた。

最初に静けさを破ったのは柳の囁きだった。

「立夏……」

それを聞いた瞬間、恵里香の金縛りは解けた。

恵里香は、花梨を見た。花梨も、恵里香を見ていた。

一瞬。

花梨と恵里香の目が、お互いの感情を読み取り合った。

動いたのは花梨のほうが速かった。ぼんやりと靄《もや》がかかっていた目に光が戻り、寝袋を振り払って起き上がると、俊敏な動物のように斜面を駆け下りて行く。

「おいっ、何なんだよ！」

柳は花梨を追いかけようとしたが、すぐに思い直したのか、立ち尽くす立夏のほうに体を向けた。同時に、恵里香も地面を蹴った。

「こっちに。逃げて！」

立夏の腕を掴み、斜面を横方向へ駆け出した。彼の顔を見る勇気はない。

「お姉ちゃん！」

茉菜の叫び声が恵里香を振り向かせた。

追いかけて来た柳の腰に、茉菜が飛びついていた。柳を転倒させた茉菜は、すぐさま身を起こして恵里香たちに追いつこうとした。が、一歩、前へ出たところで柳に足を掴まれ、地面に突っ伏した。その茉菜の体を乗り越えて、柳が立ち上がろうとする。それを阻止しようとした茉菜ともみあいになる。細い茉菜の腕では、柳に押さえ込まれるのは時間の問題だった。

「おねっ……これ……！」

地面に押し付けようとする柳の手から逃れながら、茉菜がハンカチを投げた。

「お姉ちゃん、逃げてっ。あたしは大丈夫だから！」

一瞬のためらいが恵里香の心を揺らしたが、恵里香はハンカチを拾い、ふたたび立夏の腕を引いた。

「走って」

「でも」

「行って！」

恵里香の剣幕に気圧されて、立夏は走り出した。

背後で茉菜の短い悲鳴と、地面に倒れる音がした。駆け戻りたい衝動を堪えた恵里香は、スピードを上げ、叫んだ。

「走って……！」

乱立する木々の隙間を駆け抜けた。時に脇へ飛びのき、障害物がなければ直進する。森は深く、景色はどんどん変わっていった。

「すみません、もう……」

立夏が膝をついたときには、恵里香も限界を迎えていた。胸が痛み、足が震える。皮膚が熱を持ち、蒸気を発している気がする。

それでも不安で、雑木林の奥を振り向いた。追いかけて来る柳の姿がないのを確かめて、恵里香は湿った地面に膝をついた。

息を吸い込むと、土と植物の匂いが体を潤した。周囲は深い森だ、と思ったが、視線を巡らすと、はるか向こうに灰色の道路が見える。

いつの間にか人里に近づいていたらしい。目を凝らすと、民家の屋根もいくつかあった。その中の一軒は商店なのか、色あせた大きな看板が壁にたてかけられていた。

「……立夏」

声をかけると、隣から聞こえる荒い呼吸が、一瞬、たわんだ。

「小銭……持ってる？」

「こ、小銭？」

「電話を、かけたいの」

恵里香の息切れは収まってきた。立夏は地面に手をついて、まだ荒い呼吸を繰り返している。

斜面の下に視線を遣った。あれが商店なら、公衆電話が近くにあるかもしれない。こういった田舎にはまだ、都会よりも公衆電話が残っている。

「電話……」立夏は上半身を起こした。眩暈《めまい》がしたのか、傍らの木に手をついて体を支える。何度も肩で息をしてから、絞り出すように続けた。「……スマホは、車の中です……」

「公衆電話を使いたいの」辛抱強く言った。

「どこに掛けるんです……？」

恵里香は答えなかった。

立夏はポケットを探り、十円玉を二枚取り出して恵里香に渡した。

斜面を降りると、立夏もついてきた。恵里香は好きにさせておくことにした。

雑木林を抜けるまえに、手に握ったままだったナイフをジーンズのうしろのポケットに隠した。

車道に降りてみると、商店のガラス戸の内側にはカーテンが引かれていた。壁に立てかけられたコカコーラの看板は色褪せ、営業している気配はない。しかし店の横には電話ボックスがあった。

「ここで待ってて」

一人で電話ボックスに入り、受話器を取った。

立夏の気配をガラス越しに感じながら、暗記している数字を押す。

相手は、すぐに出た。

2. Something Blue
（なにかひとつの青いもの）

まだ残っている眩暈を、立夏は追い払おうとした。肺はきしみ、脇腹は疼痛を訴え、足の筋肉は痙攣している。日頃の運動不足を改めて呪った。

電話ボックスの中から、くぐもった声が聞こえてきた。見ると、恵里香は立夏に背中を向け、受話器を抱え込むようにして喋っていた。立夏を遠ざけようとしているように見え、一瞬、怒りを覚えたが、その火花のような感情はすぐに立ち消え、代わりに湿った悲しみが溢れてきた。

受話器を置く音がした。

外に出て来た恵里香は、使わなかった十円玉を立夏に差し出した。

「……持っていてください」

恵里香は淡く微笑み、十円玉をポケットに入れた。

「あの……」

「こっちで話そう」

恵里香は立夏の指先を握り、商店の裏側に回った。山の斜面と建物の隙間はひんやりと涼しい。立夏を壁のうしろへ隠し、恵里香は道路の様子が見える角に立った。

「訊いてもいい?」

離された手のぬくもりを惜しく思いながら、立夏は頷いた。

「どうしてここにいるの？」

口を閉ざした。

恵里香は質問を続ける。

「偶然？　それとも、別の理由？」

「……君を尾行しました」

恵里香の肩が揺れ、顔がこちらを向いた。

「なんでそんなこと……」

立夏も恵里香を見た。

「疑ったからです」

恵里香の目に驚きが溢れ、すぐに悲しみの色に変わる。見ていられなくて、立夏は顔を背けた。

「何を……いつから？」

「先月の初め、横浜駅のビルで働いている顧客の一人と電話をしていたら、急にひどい雨が降ってきた、ゲリラ豪雨みたいだ、と言いました。馬車道は降っていなかった。でもその日、帰宅した君に『大丈夫でしたか？』と訊いたら、君は雨のことを知らなかった」

「……すぐに止んだから気づかなかったって答えた」

「疑問に思いました。お店をやっていれば、お客さんの様子で天気くらいわかるでしょう」

「それだけで、私を疑ったの？」

「それだけではありません。君が作ってくれる朝食、たまに味が濃いことがあるんです。何度かそういうことがありましたが、ふと気づきました。君が僕に嘘をついた日もそうだったって。そして、最近、君は妙にやさしい。お風呂に入るとき、僕にバスタオルを渡してくれたり。そのバスタオルが、とても丁寧に畳まれている。そして今日、朝食に作ってくれたクロックムッシュの味が、やっぱり濃かったんです」

恵里香が長い溜息をついた。

「そんなことでわかっちゃうんだ……」

どこかで鳥が鳴いた。鳴き声がやむのを待って、立夏は言った。

「他に好きな相手ができたのかと思っていました」

「何言ってるの」

「……僕は魅力的な男じゃないから、飽きられてしまったのだろうと。君が誰かと出会うとしたら、やはりお店に来るお客さんが相手だろうと……」

「違う」

「違いました。予想外すぎる。君たちはさっき、何をしていたんですか。あの女の子は誰なんです。なぜ、女の子を刺したりなんか――」

立夏は言葉を切って顔を撫でた。

「何を言ったらいいのか、わかりませんよ」

「……ごめんなさい」

「謝られても困ります」

「そうだよね。ごめん……」

「話してください。僕には状況がまったくわからないんです」

恵里香を見ると、彼女は顔を伏せていた。唇を震わせては閉じ、言葉を探している。立夏は辛抱強く待ったが、恵里香は口を開かなかった。

一時間ほど経った頃だろうか。

車が近づいてきて、停まる気配がした。恵里香は商店の角から様子を窺い、立夏の手首を摑んだ。

「来て」

「え？　でも」

「いいから」

引っ張られた立夏がついて行くと、一台のワゴン車が店先にいた。一目見て古い年式だとわかる車だった。

恵里香と一緒に車の正面に回り込んだとき、運転席の男とフロントガラス越しに目が合った。途端に男は眼光を鋭くした。がっしりとした上半身の、固い岩を思わせる壮年の男だ。口元に、深い皺《しわ》にも傷跡にも見えるひきつれがあり、白髪交じりの髪はやや伸び気味である。ハンドルにのせた手は、太い枝のようにたくましかった。

恵里香は後部座席のドアを開け、立夏の背中を押した。

「乗って」

詰め込むようにして車内に入れられた。後部座席が二列あるが、他には誰も乗っていない。すぐに恵里香も乗り込み、ドアが閉められた。初めて入る他人の車の中は、タバコと、ホコリと、嗅《か》ぎ慣れない体臭が混じっていた。

「僕の車は……」

「どこに停めたの？」

「僕の土地のそばです」

恵里香はぴしりと言った。

「諦めて」

車はいったんバックして、向きを変えて走り出した。

「ありがとう、トウジンボウさん」

「……とうじんぼう？」

繰り返した立夏を、恵里香はちらりと見た。ポケットからナイフを取り出して、横に置く。刃は畳まれていたが、柄には赤いものがついていた。

「あの子は？」恵里香は前を向いて、声をかけた。

「あんたたちより先に拾って、フウカに迎えに来させた。もう《やまなみ》に向かってる」

フウカ？　やまなみ？

立夏は口の中で唱えつつ、恵里香と男を交互に見た。

男はバックミラー越しに立夏を見つめた。まなざしは鋭いままだ。

「そいつは誰だ？」

立夏が答えるより早く、恵里香が言った。

「立夏。私の結婚相手。立つという字に夏と書くの」

「あんたが旦那か」

男の目の奥に揶揄《やゆ》に似た光が宿ったので、立夏は黙って見つめ返した。

「立夏、この人はトウジンボウさん。東に尋ねる、という字に、お坊さんの坊」

「……それが名前なんですか？」

男は会話の流れを断ち切るように言った。

「このまま都内でいいな？」

車が走り出すと、恵里香は立夏の肩に触れて言った。

「うしろに行って話そう。道路は監視カメラだらけだから、映りたくない」

恵里香はひとつうしろの座席に移動すると、床に腰を下ろし、両手で膝を抱えた。

立夏もそれに倣《なら》い、狭い床で恵里香と向かい合った。

沈黙が続いた。

車の揺れに身を任せていると、だいぶ経ってから恵里香がそっと呟いた。

「混乱してるでしょうね」

「混乱なんてものじゃありません。一体、何が起きているのか……夢でも見てるみたいで」そこまで言って立夏は口を閉じた。

夢を見ているようだ。その言葉は、恵里香と結婚してからのあいだに何度も繰り返してきた。

しかし今はまったく違う意味で使っている。

何かが床にこぼれる音が聞こえて、立夏は目を上げた。

子供のように膝を抱えた恵里香が、両目からぽろぽろと涙を流していた。我慢しようとしたのか、何度も目を閉じるが、かえってひどくなるようで、しまいには顔を覆って呼吸を止めてしまった。

「やめてくれませんか」

立夏は自分の目元をこすった。引きずられるように、鼻の奥から湿った匂いがしたのだ。

「泣きたいのはこっちです」

恵里香はぐっと俯くと、水面に浮上した潜水士のように大きく息を吸い込んだ。

「そうだよね。ごめん」恵里香は目元をぬぐった。「でもここですべてを話すのは無理。私も混乱してるの」

「それなら、あの女の子のことを聞かせてください。君は彼女を刺したように見えたのに、あの子は逃げた。喉を刺された人間が、あんなに速く走れるとは思えません」

恵里香は、口調を切り替えた。

「本当は刺してないの」

「……でも、ナイフが」

「タオルの中に血糊の袋が仕込んであって、それを破いただけ」

「じゃあ君は、誰かを殺したりしていないんですね」

立夏がほっとして言うと、恵里香の目から新しい雫が落ちた。

「あなたって……」

恵里香は唇を閉じた。

これ以上話し続けたら激しく泣き出してしまうと、立夏にはわかった。

二時間ほど走った。

立夏は何度か足のしびれを感じて体勢を変えたが、恵里香はほとんど動かず、膝に顔を埋めていた。

「そろそろ着く」

東尋坊の声が聞こえて、やっと恵里香は頭を上げた。

立夏が窓の外に目を向けると、夕暮れ色の空に向かって伸びる電柱と、古びた建物の壁が通り過ぎていった。どこの街なのかはわからないが、体感的に都内かその周辺であるように思われた。

車はやがて、ゆっくりと停まった。

「……ここは？」

運転席に座ったままの東尋坊も、恵里香も答えてくれなかった。恵里香は前の座席に置いていたナイフを取り、車を降りようとした。

仕方なく立夏も続いた。外は暑さがやわらぎ、風はひんやりとしていた。

車が停まったのは、小さな民家の前だった。ブロック塀に囲まれた入り口の奥に、時代を感じさせるモルタルの二階建て家屋が見える。引き戸の玄関横には《宿泊処やまなみ　一泊一五〇〇円～》と書かれた色褪せた看板が掲げられているが、そこには、本日休業、と記された紙が貼られていた。

立夏は周囲を窺った。狭い通り沿いに、小柄な建物がひしめいている。どれもが相当な築年数を経ており、歩いている人影はなかった。あみだくじのように張り巡らされた電線が、空を区切っている。

恵里香が何も言わずに立夏の腕を引いた。人に見られないうちに入ろうと呼びかけているようだった。

二人が引き戸の玄関前に着く頃、東尋坊は車を建物の隣の駐車スペースに入れようとしていた。奥にはもう一台、薄汚れた軽トラックが停まっている。

「ここなら、安全だから」

囁いて、恵里香は引き戸を開けた。

広い玄関の奥に、薄暗い廊下が伸びていた。廊下に沿って、ドアが六つ、向かい合って並んでいる。突き当りには二階に続く階段が伸びていた。

看板には宿泊処とあったが、旅館と呼べるようなたいそうなところではなく、簡易宿泊所のような施設らしい。

靴箱の上に、《宿泊者名簿》と表紙に手書きされたノートがのっていた。そばにはボールペンも転がっている。

「恵里香ちゃん？」

階段の上から澄んだ声が降ってきて、立夏は顔を向けた。

階段をきしませながら、スリッパを履いた細い足と、ひるがえる明るい色のスカートが現れ、浅黒い膚《はだ》の女の顔が覗いた。深い皺に覆われた細面のなかで、赤い口紅を引いた唇が花びらのようだ。肩に広がる白髪交じりの髪を見るとお婆さんと呼んでもいい年齢に見えるが、背筋はぴんと伸び、声にも張りがあった。

「大変だったわね！　よく無事についてくれたわ」

女性は長い腕を恵里香に回し、頬に唇を近づけた。立夏はちょっと驚いたが、恵里香は慣れた様子で受け止めている。

「何があったかはカリンから聞いてる。あの子は部屋で休ませたわ」

「フウカさん」体を離した恵里香は、立夏を振り返った。「この人が立夏。立夏、こちらはフウカさん」

フウカと呼ばれた女性は、立夏にも腕を伸ばした。立夏は反射的に後ずさったが、フウカは立夏の両手を捕まえて強く握った。

「まあまあ、はじめまして！　びっくりしてるでしょう？　とにかく上がって」

フウカ。そして、カリン。話の向きからいって、カリンというのが逃げ出した若い女性なのだろうか。

立夏は答えを求めるつもりで恵里香を見た。恵里香は浅い頷きを返しただけで、ふたたびフウカに向き直った。

「カリンの様子を見てもいい？」

「どうぞ。そこの部屋よ」

フウカは玄関をあがってすぐに左側の部屋を指し、恵里香は並んでいるスリッパを引っかけた。ついていくしかない立夏も従った。ビニール製のスリッパは色が褪せ、なかには爪先が破れているものもある。足を挿し入れると、湿った感触がした。

恵里香が左側のドアを開け、そっと中を覗き込んでいる。立夏も恵里香の肩越しに覗いたが、カーテンが閉まっている窓しか窺えなかった。

フウカに肩をつつかれた。

「立夏さん。二階に案内するわ」

立夏が離れると、恵里香は吸い込まれるようにドアの隙間に滑り込んで行った。

「大丈夫よ。恵里香ちゃんもすぐに来るから、ここで待ってて」

「あの……」

「いいから。わたしから話せることは何もない」

連れ立って階段を上がると、フウカは手前の部屋を開けた。

六帖の和室だった。奥に小さなテレビがひとつあり、円形のちゃぶ台が壁に立てかけられている。窓はひとつきりで、外には隣の建物の壁が迫っていた。冷房はあるが電源は入っておらず、室内には昼間の熱気が残っている。

部屋に踏み込んだところで、フウカの視線に気づいた。

「じろじろ見てごめんなさい。ただ、不思議な雰囲気の人だなあって思ったの」

フウカは目尻の皺を深くした。優しいまなざしだが、油断ならない雰囲気も感じた。

「……よく言われます」

「動じていないように見えるし、かといって諦めている感じでもない。とても静かなのに、さまざまな感情に苛《さいな》まれているようにも見える。嵐のまま凍り付いた海みたい」

「素敵な表現ですね」

「ありがとう」

「あなたと恵里香の関係については、教えてもらえないんですか？」

「それは、本人から聞いたほうがいいと思う」

「でも僕のことは、恵里香から聞いているんですよね？」

「ええ。いくつかは」フウカは言葉を区切るように発音した。

立夏はそっと笑った。きっと立夏の過去に関すること、重大なプライバシーは話していないのだろう。そこまで考えて、こんなに恵里香を信頼している自分に感慨を覚えた。

「混乱してるでしょうけど、これだけは信じて。あの子はあなたのことをとても大切に思ってる。あなたのことを話すとき、恵里香ちゃんは宝物を扱うような目をしてる。壊れやすいものを慈しむみたいに」フウカは瞳を揺らした。「これからあなたが何を聞いたとしても、覚えていてね、恵里香ちゃんはあなたのことを愛してるわ」

立夏は何も言わずに顔を伏せた。

フウカは立夏の肩を叩き、

「お茶を淹れてくるわ。待ってて」

と言うと、ドアを開けたまま出て行った。

フウカが階段を降りて行く足音に続いて、耳に馴染んだ足音が近づいてきた。いくらか重い、疲れている足音だ。

立夏は壁に据え付けられていた冷房のリモコンを取り、電源を入れた。

部屋の入り口で足音が止まるのを待って、立夏は冷房のほうを向いたまま尋ねた。

「二十七度でいいですか」

「……え？」

「冷房の設定温度です。君は寒がりだから」

「うん。──それでいい」

立夏は恵里香が片手に持っている赤いタオルに目を留めた。

「それは？」

恵里香は答える代わりにタオルをはっきりと見える位置に持ち上げた。赤い色に染まったタオルは、カリンと呼んだ女性の首にあてがったものだ。

「カリンが、咄嗟に持って逃げてくれたの。良かった……」

部屋が涼しくなるころ、フウカが緑色のお茶で満たされた湯飲みを、お盆に載せて運んできた。立夏は立てかけられたままのちゃぶ台を見遣ったが、恵里香がお盆を畳に直置きしたので、そのまま向かい合うことにした。

正座をし、腿に両手を置いた。

こころもち目を伏せている恵里香をまっすぐに見据える。

「話してください。今日、僕が見たものは何なのか。君が僕に、何を隠しているのか、全部」

＊

立夏の声は日陰の石のように冷たく、恵里香は胸をえぐられた。涙がこみあげてきたが、今の自分に泣く権利などない。奥歯を噛んで堪え、話をまとめるために俯いた。

いつかこんな瞬間がくることは覚悟していた。幸せが心を満たすたびに、この日々はやがて壊れるものだと、冬しかない世界に現れた束の間の日向《ひなた》でしかないと、自分に言い聞かせてきた。そのときがきただけなのに、どうしてこんなに苦しいのだろう。

突然、立夏が言った。

「話せないなら、僕の隠し事から打ち明けましょうか」

思わず顔を上げた。立夏は眩しいものを見るように目を細めて、まっすぐにこちらを見ていた。

「僕が君のお店を訪ねたのは、たまたまだった、と言いました。でもあれは嘘です。そのまえに僕は、君を見てる」

「……いつ」

「君が僕と出会ったと思っている一日前のことです。どうしても朝早くに届けなければならない品があって、車で出かけました。帰りがけに《薄荷》の前を通りかかったんです。朝の八時くらいだったので、まだ開店前のように見えましたが、雰囲気のいいお店だなと思って、なにげなく車を停めました」

立夏の頬に淡い微笑みが広がった。

「そのとき君が、ハーブショップのガラス戸を開けて現れました」

息を吐いた立夏に対して、恵里香は空気を呑み込んだ。

立夏の微笑みが揺らぐように変化し、照れ笑いに近い表情になる。

「きれいな赤いシャツと黒い細身のパンツ姿で、髪をひとまとめにしていました。よく覚えています。その一瞬のことは、本当によく。服の色もあったかもしれません。でも僕には赤や黒よりも、君の顔や、まくり上げた袖から伸びていた腕などのほうが印象に残りました。なぜと訊かれてもわかりません。強烈な印象を残すものは、理屈では説明できないのでしょう」

立夏はお茶をすすった。つられて恵里香も湯飲みを取ろうとしたが、熱くて持てるものではなかった。

立夏は湯飲みをお盆に戻し、話を続けた。

「君は僕には気付きませんでした。両手をこう、貝のように合わせて、お店の中から進み出てきました。大切なものを守ろうとしているように、僕には見えました」

指を重ね合わせ、彼はそのときの恵里香の手のかたちを再現した。

自分の脳からは消えた風景が、立夏の心には保存されている――水のような気持ちが体を満たした。

「宝石を持っているのかなと、僕は間抜けなことを想像しました。今思うとおかしな勘違いですが、そう見えたのです。とても貴重な、きれいな宝石を、そっと運んでいるように。でも、違いました」

微笑みが膨らみ、完全な笑顔になった。

「君はお店から離れると、両手を開きました」

現実の立夏の手も、そっと離れた。目が、そこにないものを追いかけた。

「小さな青みがかった翅《はね》の蝶が、君の手の中から飛び立ちました。本当に小さな蝶です。アゲハ蝶やモンシロ蝶みたいな、目を惹くような蝶ではありません。よく見ればきれいだけど、よく見る気になれない。そんな生き物を、君は大事に手の中に守って、空へ逃がしてやったのです。おおかた、お店の中にどこからか迷い込んできて、そのままでは外に出られずに死んでしまうとでも思ったのでしょう。君がひらひらと舞う蝶をしばらく眺めているあいだ、僕は君に見入っていました。君は微笑んでいました。そばを通る人はおらず、君は僕に気付いていない——だからあの微笑みは、誰かに向けたものではありませんでした。蝶はそのままどこかへ飛んでいき、君は蝶が見えなくなると、お店に戻ってしまった。僕はすぐに車を出しました。開店時間まで待とうという発想は浮かびませんでした。胸の中は君への気持ちで一杯でした。僕は自分が恋に落ちたのを悟ってしまったんです。仕事場に行っても仕事は手につきませんでした。それでうろうろと街を歩き回って、本屋を見つけて駆け込んで、昆虫図鑑を手に取り、あのとき君が逃がした蝶は載っていないかと調べました。すぐに見つかりました。シジミ蝶というのですね。あのとき以来僕は、街中で、あるいは、どこか自然の中ででも、あの小さな蝶を見ると目で追いかけます。――そして、あくる日。僕は君に会うために《薄荷》を訪ねました」

立夏は言葉を切った。

恵里香は顔を伏せなかった。視線が空中で、二秒か三秒ほど混ざり合った。

その貴重な時間が流れたあと、立夏は急に我に返った様子で笑顔を崩し、目を伏せた。

彼は、こう言いたいのかもしれない。

今でも、あのときと同じ気持ちであると。

恵里香の中に何かがすとんと落ち、同時に、言葉が漏れた。

「私と茉菜は本物の姉妹じゃない」

立夏の目が驚きに見開かれるのがわかった。

「陽子さんは伯母じゃない。正樹さんと柳は、私の従兄弟じゃない。……あの二人も本物の兄弟じゃないの」

立夏の眼差しが突き刺さるのを感じたが、いったん溢れた言葉はとめどなく流れる。

「でも私は、茉菜を本物の妹だと思ってる。茉菜も、私を本物の姉のように慕ってくれてる。そうしないと私たちは生きて来られなかった。私は、私たち……」

恵里香は強く目を瞑った。普段は記憶の底に封じ込めている思い出は、なぞろうとしただけで強い痛みを伴う。それに加えて今、立夏の心がどれほどの衝撃を感じているか想像すると、申し訳なさで押しつぶされそうだ。

逃げてはいけない。

恵里香は深く息を吸い込んで、長い話を始めた。

＊

実の親のことはほとんど覚えていない。離れたのは六歳か七歳くらいの頃だったと思うが、顔さえ曖昧になっている。

覚えているのは、母親はおらず、父親と二人きりだったことだ。父親は体の大きい人で、滅多に家に帰ってこなかった。時折、香水の匂いがきつい女性を連れ帰ることがあったが、そういうとき恵里香はアパートの風呂場に追いやられ、ぬいぐるみを抱いてじっとしていなければならなかった。

そんな父親に連れられて、知らない場所に向かったのは春のことだった。車の窓から見えた桜を覚えているからだ。

着いた建物はとても大きく見えた。見知らぬ男女に迎えられ、二人は恵里香を窓がない部屋に入れた。物置のような部屋だった。剥き出しのコンクリートの部屋の壁は冷たかったが、風呂場のタイルの壁に慣れていた恵里香は、それほど怖くなかった。

今日から〝エリカ〟と呼ぶ、と女のほうに言われた。昔の名前は忘れなさい、と。お父さんは？　と尋ねると、今日からおれがお父さんなんだよ、と男のほうが言った。そして女がお母さんになると。そのときの気持ちを思い出すと、恵里香は幼い自分が哀れになる。ずっと欲しいと思っていた新しいお父さんとお母さんができた、と喜んでいたのだから。

それからは毎日、恵里香は知らない男女に世話をされた。食事は与えられたし、日によっては照明器具を持ち込まれ、学校の教科書を使った勉強をさせられたこともある。風呂場までは目隠しをされたまま連れて行かれた。出入り口には男女のどちらかが見張りをしていた。

かと思えば唐突に、おまえはゴミだ、生きている価値がないなどと怒鳴られることもあった。そういうときには、食事は与えられず、真っ暗な部屋で長い時間放置された。

いいときと悪いときが、入れ替わりに降りかかる。なぜそんなことを言われるのか、されるのか、まったくわからない。食べ物や飲み物をくれる人たちがいつ態度を豹変《ひょうへん》させるのかも予測がつかなかった。そういうとき、恵里香は一生懸命にお願いをした。お願いの仕方によっては、男女の機嫌がよくなって食事と風呂を与えられ、甘いお菓子や褒め言葉をもらえた。そんなときの二人は優しかった。

子供の世界は狭い。人間は自分の経験と知識で状況を計るが、比べるものが理不尽な父親との暮らししかなかった恵里香の心は、次第にその二人を慕うようになっていった。

あるとき、二人は恵里香の頭を撫でながらこう言った。おまえは合格だ。悪い子はお父さんとお母さんの子供になれない。おまえはいい子だから、今日からずっとお父さんとお母さんの子供だ。それを聞いた恵里香の心は躍った。

それから間もなく、部屋の中にもう一人の女の子が入れられた。恵里香よりも幼い少女で、名前はマナという、とお父さんとお母さんは言った。茉菜は、恵里香が初めてその部屋に放り込まれたときと違い、不安に顔を歪めて泣いていた。

恵里香は茉菜に、ここでの暮らし方を教えた。自分が知っていることを知らない人間の存在は、恵里香に青い自尊心を与えた。

そして茉菜が入れられたときから、状況に変化が起きた。

茉菜がお父さんとお母さんに反抗すると、恵里香が殴られるようになった。反対に恵里香が二人の気に食わないことをすると、茉菜が平手打ちを受けた。少女たちはお互いに対して責任を持たされたのだ。

茉菜が恵里香とおなじように従順になるまで、それほど時間はかからなかった。やがて茉菜も『合格』した。

そんな頃だった。お父さんとお母さんが、二人に仕事を与えると言った。これは家族にとって大切な仕事だから、おまえたちに任せるのはそれだけおまえたちを信頼しているからだ、と懇切丁寧に言い聞かせた。

恵里香の心に炎のようなものが点った。茉菜も同様だったろう。二人は手を握り合った。掌を介して、成し遂げようとする決意と緊張が伝わってきた。

二人はその夜、目隠しなしで部屋を出た。お父さんとお母さんに連れられて階段を登って行くと、知らない男の人がいた。大人の男だった。本能が危険を報《しら》せた。茉菜が、恵里香の手を強く握り締めた。

その後に起こったことを、恵里香は思い出したくない。記憶から消してしまいたいが、それもできない。ただ帰ってきたとき、お父さんとお母さんはそれまでにないほど褒めてくれた。頭や肩を撫で、甘いお菓子をくれた。涙交じりのチョコレートは、それでもおいしかった。

その後、恵里香と茉菜はおなじ建物の上階にある部屋に移動させられた。窓があり、絨毯が敷かれ、ベッドと机とクローゼットがある部屋だった。本やおもちゃ、新しい服も与えられた。ただその部屋から勝手に出ることは許されなかった。いちど、茉菜がドアノブを捻ったとき、けたたましい警報が鳴り響き、お父さんとお母さんに恵里香が折檻された。トイレと風呂は時間を決められており、その時間がくるとお父さんかお母さんが警報を切ったうえでドアを開けた。

そんな日々を過ごし、恵里香は十五歳になった。

自分の誕生日を覚えていたわけではない。今日で十五歳だと、お母さんに言われたからだ。

その日、恵里香だけがお父さんに呼ばれた。いつも過ごしているフロアのさらに上にある部屋だった。そこでお父さんは、恵里香に大きな棒付きキャンディを渡した。

これはキャンディではない、とお父さんは言った。キャンディの部分を捻ると、持ち手の下から針が飛び出す仕組みの武器だった。針を刺すと毒が注射される。なぜそんなものを渡すのか、そのときは説明してもらえなかった。茉菜には話してはいけないと言われた。その後、茉菜と共に、そこへ閉じ込められてから初めて、外へ連れ出された。

お父さんが運転する車の後部座席に二人で並んで乗せられた。そこで、お父さんから説明を受けた。これから二人が会う相手はお父さんとお母さんにとって邪魔な相手である。いい子なら、どうすればいいかわかるね。つまりお父さんは、恵里香と茉菜に殺人を命じたのだ。

その後、見たことがないマンションへ連れて行かれ、恵里香と茉菜は男と三人きりにされた。

茉菜も異変は感じていたと思う。とても不安そうで、恵里香が普段とは違う緊張を抱えているのを察知していた。恵里香は茉菜を守らなければと思った。恵里香のミスは茉菜に災いとなって降りかかる。

恵里香はふと、こうも考えた。もし今この人に、あなたを殺すように命令されている、私たちを助けてと言ったらどうなるか。自由になれるんじゃないか。その可能性は、あったと思う。充分ではないにせよ、ゼロではなかった。しかし恵里香は、そうはしなかった。

あの夜、恵里香のなかに天秤があった。二つのお皿に、さまざまなものが載った。恵里香と茉菜の自由、可能性、人を殺めるという罪悪感、恐怖。お父さんとお母さん、今日までのこと……そして、未来。片方のお皿に、決定的なものが載った。それは恵里香の魂に刻み付けられた印といっていいものだった。ここで命令に従えば、家族の一員でいられる。あのときの恵里香には、それがとても大切なものに思えたのだ。

男が動かなくなったのを見届けて、部屋を出た。

そのできごとのあと、お父さんとお母さんは、恵里香と茉菜に二人の男の子を紹介した。それが正樹と柳だった。

それからは、六人での『家族』としての暮らしが始まった。恵里香と茉菜の暮らしは以前よりも格段に自由になった。窓やドアの鍵は外され、お小遣いももらえた。自分たちが住まう場所が、住居にはふさわしくない三階建ての雑居ビルであることも知った。だがそこからどこかに行く気には、恵里香も茉菜もならなかった。そこが自分たちの居場所だったからだ。

全員で外出することさえあった。遊園地に初めて行った。ただそのとき、お母さんが周囲の家族連れを指して、あの人たちと私たちとは違うのだと教えた。

よく覚えている。

笑い合う家族の姿や、稼働するアトラクションから聞こえて来る歓声。彼らと自分たちとのあいだには、見えない壁があると感じた。その壁はいつ、どこにいても消えない。彼らとおなじ世界には行けない。

恵里香は夜間高校に通うようになった。中学校に行ったことがないのに、どうやって入学手続きを行ったのかは知らない。しかし、外出のときは、茉菜の足首に時限式の爆弾がついた足輪が装着された。また、録音機を持たされ、帰宅するとそれをお母さんに渡した。学校では、教師はおろか、同級生とも口を利かずに過ごした。茉菜は学校へは行かなかったが、彼女が外に出るときには、恵里香の足首におなじものが着けられた。キャンディに似た武器も、その足輪も、お父さんの発明だと教えられた。

同時に恵里香は、家族の仕事の手伝いをするようになった。お父さんとお母さんが誰かからの依頼を受け、見ず知らずの人を殺す。あるいは、死体の始末をする。それが家族の仕事なのだと教えられても、恵里香はもう驚かなくなっていた。

二年と少し前。

お父さんとお母さんは、横浜駅にほど近い場所に店舗付きの一軒家を求め、そこに引っ越した。世間の目を誤魔化すためと教えられた。そこの二階で暮らしているふりをしながらも、命令されると元の雑居ビルに戻る。やがてお父さんが病死しても、立夏と出会うまで生活に変化はなかった。

「仕事自体はそんなに多くなかった。もう死んでいる人を片付ける仕事のほうが頻繁だった。西葛西《にしかさい》に倉庫を借りてあって、そこに冷凍庫がある。死体を凍らせて、砕いてから海に捨てるんだけど、まとめて捨てると捜索されたときに骨や歯が見つかってしまう。それを避けるために、何日にもわたって、少しずつ捨てていく。ときには、生のまま茹でたり削ったりして、小さくしていく……」

恵里香は言葉を止めた。立夏の顔を見ることができず、畳に視線を落としていたのだが、それでも立夏の体が震えたのがわかったからだ。

「こんな話を聞かせて、本当にごめんなさい」それでも、中断するわけにはいかなかった。「手伝っているうちに、お父さんとお母さんは私たちの足首に爆弾を巻き付けなくなった。それからは、ずっとおなじことをしてきた。もうわかったと思うけど、お父さんは豪さんで、お母さんは陽子さん」

立夏がぽつりと零した。

「豪雨と、太陽……ですか」

「うん。恵里香、茉菜、正樹、柳。ぜんぶ植物を思わせる名前だよね」

雨と陽射しは植物を育てもするし、枯らせることもできる。悪趣味な関連性である。

「カリンも、実をつける木の名前ですよね」立夏は畳の上に指で『花梨』という漢字を書いた。「あの子も……？」

「お父さんとお母さんは、たまに子供を連れて来て、私たちにしたのとおなじことをするんだって。ただ、私はそういう子たちと直接、顔を合わせたことはなかった」

「それは、子供を誘拐してくるという意味ですか」

「いいえ。金銭のやりとりはあるでしょうけど、ある程度は法律に則ったやりかたで、元の保護者から引き取っているはず」

立夏の脳裏を回想が過った。

婚姻届を提出したときのことだ。二人で出しに行った。あのとき恵里香はちゃんと自分の戸籍謄本を持っていたではないか。だがそれを立夏はきちんと読んでいない。恵里香が隠すようにしていたからだ。亡くなった両親の名前を見るのがつらいと言っていたので、立夏は遠慮した。

「戸籍のことを考えているでしょう」ずばりと当てられて、立夏は驚いた。「詳しいことはわからない。あなたと籍を入れるときの手続きで、初めて今の自分の苗字を知ったくらいだったから。名前が恵里香なのも、改名されたのか、こういう名前の誰かと入れ替えられたのか。ただ、お母さんが……」

恵里香は言葉を切り、深く息を吸い込んだ。

「陽子さんが合格にする子は滅多にいない。花梨も気に入られなくて、処分されることになったたって。多分、花梨のきょうだいも……」

「君は今までにも、そういう子を――」考えてから、続けた。「今日のような目に遭わせたことがありますか」

「子供候補を殺すように言われたのは、初めて」

「そうじゃない相手を殺して埋めたことは、ありますか？」

何度も、と言いかけて、恵里香はやめた。少しでも自分を清く見せたい欲求が、もっと短い言葉を吐かせた。「……うん」

「花梨さんのきょうだいに会ったことは？」

恵里香は身振りで否定した。

「花梨さんが逃げて、その子はすぐに殺されると思いますか」

「なんとも言えない。私や花梨の行方を探すほうが先だと思うけど……」

恵里香は言葉を切った。

喉が渇いていた。湯飲みに触れると、だいぶぬるくなっている。口をつけた途端、恵里香は動きを止めた。

よく知っている味のお茶だったからだ。《薄荷》のメニューのひとつで、かすかに甘い《春の夢》という。以前、風花《ふうか》にレシピを教えたから、このお茶が出て来ても不思議ではない。しかし今、これを出した風花の気遣いを、恵里香は複雑な気分で受け止めた。初めて店に来た日に立夏が注文したお茶でもあるからだ。

顔を上げた。

陽は傾き、部屋はいつの間にか薄暗くなっていた。それでも向かい合う立夏の顔は見えた。感情を拭い去ったような無表情のなかで、涙に濡れた目が光っていた。

「――れば良かった」

聞き取れなかったので、恵里香は前へ身を乗り出した。

立夏は怒鳴るように言った。

「殴っておけば良かった。陽子さんを。あなたの家族に挨拶をしに行ったときに」

こみあげてきた思いを恵里香は呑み込んだ。立夏が敬語を使い、丁寧に話すのは、他人とのあいだに壁を作っているからだとわかっている。その壁は結婚してからも変わらずに恵里香とのあいだに存在していた。恵里香がそのままでいいと言ったのは、ものわかりのいい妻を演じるためでもあったが、立夏を騙している罪悪感を薄める意味もあった。その壁を壊し、怒りをあらわにした立夏に、恵里香は何も言うことができない。

俯いて口を閉じていると、立夏は立ち上がった。

足音が部屋を横切っていく。

畳を擦りながら遠ざかって、廊下に出て行ってしまったとき、恵里香は畳に突っ伏した。涙は仕方がなかったが、声は上げなかった。口を開けば、いなくならないでと叫んでしまうとわかったからだ。そんなことを言う資格はない。

Flower Girl

が気に入らなかった。

茉菜は昔から、皆が娯楽として楽しむドラマや漫画に描かれている悪の組織の描写が気に入らなかった。

フィクションの世界における悪の組織には、たいていアジトがある。暗くてじめじめして、人が寄り付かない場所だ。そこで悪人たちはいつも犯罪計画を立てている。凄みのある顔で、お互いに脅迫しあっているような顔で。

そんなんじゃない。

茉菜は画面に向かって叫びたかった。実際は、壁のすぐ向こうをふつうの人たちが闊歩している。アジトの中にいる人だって全員が悪人というわけではない。いわゆる悪事に加担していても、笑ったり、お菓子を食べたりすることもある。若い女の子なら、その服似合うねとか、このピアスどう？　などと話したりもする。

あたしたちだって、みんなとおなじ人間なんだよ。

フィクションの創作者たちに言ってやりたかった。あんな険のある顔で、自分たちがしていることを楽しんだりはしていない。あれはエンタメを鑑賞する人々が呑みこみやすくするために仕込んだサービスのようなものかもしれないが、作り手たちはよもや受け取る側に、自分たちが描いた悪に属する人間がいるとは想像していない。

茉菜がいる『ここ』は、みんながいる世界と地続きだ。来たくて来た場所ではなく、気がつけば追いやられていた区域である。苦悩もあれば苦労もある。努力もしている。ごはんも食べるし、眠くもなる。それはふつうの人の倫理観に照らし合わせれば鼻で笑われるようなことかもしれないが、あたしたちにとっては精一杯なんだ、と。

すぐ隣で腕を掴んでいる柳の存在が忌々しい。柳は華奢なくせに力が強く、何より右手に持っているボールペン型のスタンガンが、茉菜を従順にさせていた。

通電による痛みがどれほどのものか、茉菜は知っている。思い出すのも嫌な痛みだ。外の世界を覗けるようになってから、電気ショックで気絶する人の姿を映画で見た。そのたびに、あれは嘘だなと思った。実際は気絶など滅多にしない。痛みが強烈すぎて動けなくなるだけだ。

今日の昼間、恵里香たちに逃げられた柳は、すぐに茉菜のもとに戻って来て、怯える茉菜の様子を観察していた。そのまま殺されるかと思ったが、柳は茉菜を自分の車に乗せ、絶対に逃げるなと念を押した。聞いたことがないくらい、怖い声だった。竦《すく》み上がった茉菜の隣で、柳は陽子に連絡をした。漏れ聞こえた言葉から恵里香が無事に逃げてくれたことを知り、安堵した。

柳と共に戻ったのは、《薄荷》ではなく、恵里香と共に幼い頃を過ごした雑居ビルだった。

二階の踊場《おどりば》を回りつつ、柳の右手に握られているボールペンを見た。

あれは十二歳になった頃のことだ。

恵里香と二人で、初めての殺人を強制された。そのときに、いま柳が握っているのとおなじボールペンを、豪から渡された。恵里香には、おまえがこれを持っていることは内緒にしろと厳命され、説明を受けた。

これは電気の弾が飛び出す銃だ。

豪は唐突に言った。

強烈な痛みを相手に与えられる。大人の男でも一撃で倒れる。

これをおまえに預ける。

もし恵里香が失敗したらおまえがやるんだ。いいか、恵里香には絶対に言うなよ。

結局恵里香は失敗せずに殺し、茉菜はボールペン型の武器を使わなかった。

三階に続く階段を見上げた。

踊場には窓があるが、高い位置にあり、届きそうにない。

手すりの下を見た。

階段は地下まで続いている。地下室があるのだ。これはふつうの人向けのフィクシヨンでよく描かれている。来たばかりの子供を閉じ込めて、自尊心を削ぎ落とし、時にほんの小さな飴の欠片をくれてやって従順な性格を形成する。忌々しいことに、創作物には現実との類似点もあるのだ。

踊場を通り過ぎ、最上階への階段を登る。

三階の部屋で、茉菜と恵里香は、豪と陽子と食事をした。毎日ではない。地下室を出て上階の部屋に住むようになってから、二人は気まぐれに子供たちのなかから食事をする相手を指名した。指名されるのは名誉だった。そして選ばれると、食事の支度をする。うまく作れたらご褒美があるが、失敗すると制裁が待っている。作った料理を豪と陽子が口に入れるときは、掌に汗を掻いて見守った。おいしい、と言われると、理性では抑えきれない喜びがこみあげてきた。

視線を感じて顔を上げると、階段の上に長身の青年が立っていた。

正樹さん。

正樹が目だけで頷くのと同時に、柳が言った。

「あんたの彼女、なんか変なことやらかしたよ」

正樹はわずかに眉を寄せた。

「恵里香が逃げたのは、電話で言ったよね。大変だよ。あのへんを車で回ってみたんだけど、花梨も見つからないんだ」

「……二人とも警察には駆け込んでいない」正樹が答えた。

「どうしてわかる？」

「お母さんがそう言ってる。情報を買ったんだろう」

茉菜は体が震えるのを感じた。

本当の意味でその言葉を使ったのはいくつのときが最後だったろう。しかし茉菜がそう呼ぶ相手は、あんたなんか産むんじゃなかった、と幼い茉菜を平手で打つ女だった。

ふうん、と柳は鼻を鳴らした。正樹の隣に並ぶと、正樹の手が茉菜の二の腕を摑んでいる柳の手を払った。

柳は目を細めた。

「まあいいけど。じゃあ、お母さんのところに行こう」

正樹は無言でドアを目で示した。

軽い足取りで柳がそちらへ向かう。正樹は、茉菜の手を引いた。

泣きそうになるのを堪え、正樹と共に、柳のあとに続く。

広々とした部屋に入った。壁も床もコンクリートが剝き出しで、オフィスにするのがふさわしいだろう。だがここでは、部屋の中央に絨毯が敷かれ、その上にイスとテーブル、少し離れたところにソファが置かれ、リビングダイニングの様相を呈していた。家族がお茶を飲みながら団らんするのにふさわしい風景の、寒々しいレプリカといった雰囲気だ。茉菜の体は緊張し、頬が熱を持った。

三人掛けのソファに腰かけている、小柄な女性がこちらを見た。刳《く》り貫《ぬ》いたような黒い目だ。

「お母さん」

柳が声をかけると、陽子はソファに立てかけていた杖を取って立ち上がった。不規則な足音が近づいて来るにつれて、茉菜の鼓動は速くなった。

「……ごめんなさい」

そう言った次の瞬間、鋭い音が響き、茉菜の頬に痛みが奔《はし》った。

「ごめんなさい」

もういちど。今度は、逆側の頬だ。

「お母さん。ごめんなさい」

しゃくりあげたとき、腕を掴んでいる正樹の指に力がこもった。励ましだとわかって、茉菜は泣くのをやめようとした。

頬への平手打ちは、その後、二往復ほど続いた。頬が熱くなり、痛みはひどくなった。茉菜はひたすら謝り続けた。

やがて嵐は止み、陽子は囁いた。

「……恵里香がどこに行ったか、知ってる？」

茉菜は答えた。

「知りません」

言い終える前に、正樹が叫んだ。

「嘘を言うな」

信じられない思いで顔を上げた。正樹が首を捻って茉菜を見下ろしていた。責めるような表情だが、目の奥で何かを訴えている。

「おまえ、俺に言ったじゃないか。恵里香は立夏のことを本気で愛してるって。怖くなって、立夏にすべて打ち明けたんじゃないのか」

茉菜は正樹の思惑を読み取った。正樹はこの場を少しでも良いほうに、ましなほうに持って行こうとしている。

「お……お姉ちゃんが……そんなこと。あたしを危険に晒すようなこと……」

震える声でそれだけを言うと、正樹の表情がわずかに緩んだ。それでいい、と言われているようだった。

「恵里香は、おまえよりも立夏を選んだんだ。あんな根暗な男の何がいいんだか、俺にはわからないけどな」

「だったら、あのとき何を投げたんだ？」

柳に言われて、呼吸が止まった。

恵里香にハンカチを渡したところを見られていたのだ。

愕然とする茉菜の耳を、正樹の途切れ途切れの問いかけが打った。

「……おまえ、まさか、電話のことを教えたのか？」

息を呑んで正樹を見た。

正樹は相変わらず、目の奥から何かを訴えていた。

「俺たちのスマホの番号だろう。渡したのは。それで連絡を取り合おうとしたんだな？」

茉菜の心が激しく揺れた。しかし咄嗟に、正樹を信じるべきだと思った。確信がなければ、彼はこんなことを告白しない。

疑いの表情でこちらを見た陽子に、茉菜は訴えた。

「ごめんなさい、お母さん。あたしたち、家族には内緒のスマートフォンを持ってて」

重い平手打ちが右側から飛び、体がよろめいた。正樹の手が支えてくれたが、こんどは左側から、鈍い衝撃に襲われた。薄目を開けると、陽子の左足が靴下だけになっていた。履いていた靴で茉菜を殴っているのだ。

「ごめんなさい、お母さん。ごめんなさい。ごめんなさい……」

掠れた声で囁いたが、気持ちは落ち着いていた。信じてくれた、と思った。これで、茉菜をかばうために嘘をついてくれた正樹を守ることができた。

「やめてくれ、お母さん」正樹が叫んだ。「俺もぶってくれ。その電話は俺も使ってたんだから」

殴打が止んだ。

「……どういうこと?」

「自分たちだけで秘密のやりとりをしたかったんだよ。お母さんだって、俺たちの仲は知ってるだろ。スマホは、ある場所に隠してある」

「二台とも? 二台ないと、やりとりができないでしょう」

陽子の目が茉菜に注がれた。茉菜はどう答えるのがいいのか迷ったが、正樹ばかりに喋らせるのではあやしすぎる。

「一台は、正樹さんが持ってる。あたしはすぐ顔に出るから、いつも持ってるとバレちゃうから、隠しておいて、必要なときだけ外で使って、また戻しておいた。お姉ちゃんに渡したのは、正樹さんの番号と、あたしのスマホの隠し場所」

正樹の腕が茉菜を抱きしめた。自分の肩に茉菜の顔を押し当てる。茉菜は目を見開いた。正樹が着ているセーターの編み目が見えた。

正樹の名前を、心の奥底で呟いた。危険を承知で盾を作って、こんなにもあたしを守ろうとしてくれる人がいるなんて。

「罰はあとでいくらでも受ける。だけど、スマホを取りに恵里香が来るなら……」

陽子が息を吐いた。

「そうね、使えるわね。でもどうして恵里香に渡したりしたの」

嘘はするりと滑り出た。

「お姉ちゃんが、立夏さんと行っちゃうと思って……。あのままお姉ちゃんとお別れしたくなくて……」

「『お姉ちゃん、逃げて！』って叫んだのは？」

柳の悪意ある揶揄が茉菜を炙った。だが挑発に乗るわけにはいかない。茉菜は怒りを堪えながら、真実に聞こえる台詞を吐き続けた。

「お姉ちゃんには、幸せになってほしいから。逃げたいなら、それでいいと思って……」

正樹の指にふたたび力がこめられた。いいぞ、と褒めてくれた気がした。

空気が動いたのを感じた。陽子の手が振り上げられたのだ。衝撃に備えて身構えた。

けれど陽子は、溜息と共にその手を下げてしまった。

そっと腰を屈め、茉菜の顔を覗き込んでくる。

「茉菜」

全身が硬直し、心臓の音が耳元で聞こえた。

「顔を上げなさい」

茉菜は祈った。完璧な偽りを、目に映せますように。恵里香の顔が浮かんだ。その顔に祈りを捧げた。ずっと茉菜を守ってくれた恵里香。人殺しも、足が竦んで動けない茉菜を庇いながら、どんなに嫌だったろうと思う。その恵里香を、今このわずかな時間でいいから、守るための力を。

茉菜は顔を上げた。

陽子の目がすぐ近くにあった。

足の力が抜けて、頭の中が熱を持った。数秒の交戦が続き、このままでは倒れると感じたとき、陽子の顔が遠ざかった。

「もう一台のスマホを寄越して」

息を吐いて、顔を伏せた。

スマートフォンの存在を陽子に話してしまったことが、事態をどう捻じ曲げるかはわからない。それでも、陽子を騙すことに成功した。これはささやかな、けれど、大事な一歩だ。

3. Something Borrowed

（なにかひとつの借りたもの）

部屋を出た立夏は階段を降り、最下段までたどり着くと座り込んだ。恵里香の話そのものよりも、過去を思い出しながら言葉を紡ぐその姿が、立夏を激しく打ちのめした。今日までのあいだ、恵里香はずっとあの物語を隠していたのだ。地獄を秘めたまま、恵里香はどんな気持ちで立夏を見つめていたのだろう。それを思うと、今すぐ自分の首を絞めてやりたくなった。

「なにしてんだ、あんた」

低い声がして顔をあげると、東尋坊とフウカが廊下に現れていた。フウカはエプロンを着け、髪を束ねている。

「恵里香ちゃんは？」

立夏は顔を背け、口元に拳をあてた。

そんな様子が、よほど拒絶的に見えたのかもしれない。フウカは東尋坊を押しのけ、立夏の前に屈んだ。

「ねえ、立夏さん。わたしたちのこと、恵里香ちゃんから聞いた？」

立夏が困惑を浮かべてフウカと東尋坊を見比べると、二人は目配せをした。そしてフウカだけが立夏に視線を戻した。

「わたしのフウカという名前は、風に花と書くの。風花。本当の名前じゃない。東尋坊さんも、もちろんそう。どちらも風にちなんだ名前よ。恵里香ちゃんから、子供たちは植物の名前をつけられると聞いたから、わたしたちは草花を揺らす風の名前で生きて行こうと決めたの。あの子から受けた恩を忘れないためにね」

風花は立夏の表情を観察した。

「その様子だと、恵里香ちゃんがわたしたちを助けてくれたことも話してないみたいね」

「助けた？」

風花は顎を沈めた。

「……でも、恵里香は『人を殺してきた』と」

「あなたには、あの子が平気で人を殺せるように見える？」

答えるより先に、立夏はかぶりを振っていた。

「良かった。あなたがそう思っていて」風花は東尋坊を振り返った。「話していいかしら？」

東尋坊は束の間考え込んだようだったが、やがて頷いた。

風花は立夏に向き直った。

「恵里香ちゃんは嫌がっていた。人の命を奪うことも、死んだ人間を人知れず始末することも。恵里香ちゃんの境遇からしたら、何も考えずに受け入れてしまうほうが幸せなのにね。そこにいる東尋坊さんは昔、恵里香ちゃんの家族の標的になったの。豪さんが亡くなってすぐの頃だったかしら？」ふたたび、東尋坊を見た。

東尋坊はまたも浅く頷いただけだった。

「俺がやつらを手伝うのをやめたからだ」

「……手伝い？」

尋ねるつもりで立夏は風花を見たが、答えたのは東尋坊だった。

「人の体を切断するには、業務用の電動ノコギリやハンマーでも充分だが、時には細工が必要なこともある。銃はもちろん、短い針で毒を打ち込むことができる注射器だとか、小型の爆弾、毒物。そういうものの調達と始末を引き受けていた」

「でも、さっきの恵里香の話だと、道具を作っていたのは豪さんだと……」

「それは嘘だ。俺が作って売っていたのさ。豪を大きく見せるために偽りを言ったんだろう。去年の冬の終わり、俺は豪が死んだのをきっかけに手を引こうとした。陽子は、承知するふりをしたよ。最後に一緒に呑もうと言われて、俺も甘かったが受け入れた。あとは想像できるだろ。うしろに気配を感じたときには、殴られて気を失ってた。目が覚めたとき、俺はコンテナのような金属製の箱の中にいた。懐中電灯のような鈍い光があって、俺の服を脱がしている若い女の子の顔を照らしていた」

立夏の握りしめたままの手が揺れた。見つめると、東尋坊は薄く微笑んだ。

「それが恵里香だった。恵里香は俺が死んでいると思っていたそうだ。目を開けたんで、ひどく驚いている恵里香に、俺は『死にたくない』と言った。無駄だろうとは思ったよ。陽子の育児については聞いていたからな。でもあの子は、怯えながらもこう言った。『あなたを助けるには、どうすればいい……？』

俺は上半身裸のみっともない格好で、ここはどこなのか、何をしろと言われているのか訊いた。恵里香は、俺の服を脱がして、顔を潰し、手足を焼いておくように言われたと話した。それが済んだら、凍らせて砕いて、海に撒きに行くんだと」

立夏が呻くと、東尋坊は話を止め、風花は立夏の片手を握ってくれた。

「……続きを話してください」

「――顔を潰して手足を焼くあいだは、恵里香一人だけだ。逆に言えば、俺が逃走すれば恵里香が罪に問われることになる。俺は恵里香を連れて逃げたかったが、そんなことをすれば恵里香の妹が連座させられる、と聞かされた。残るは俺の代わりの死体を調達して、入れ替わる方法しかない。できないことではない。俺は恵里香に、時刻を尋ねた。恵里香は、夜中の一時だと答えた。ここは港湾のコンテナ群で、死体を冷凍する場所まで運ぶ役割の家族が明け方までには戻って来る。俺はぐらぐらする頭で、必ず身代わりの死体を持って戻るから、俺を逃がしてくれと訴えた。十中八、九は駄目だろうと思ったが、恵里香はコンテナの扉を開けてくれた。

あの子が、俺は戻らないだろうと覚悟しているのはわかったよ。それでも逃がしてくれたんだ。死にたくないと言っている人間を救うために、自分と自分の大切な人を危険に晒してくれた」

東尋坊は口元を拭った。

「俺はなんとか駆けずり回って、凍死したホームレスの遺体を手に入れた。他の家族に見つからないように、俺はその場を離れるしかなかった。最後に恵里香に、礼をしたいからあとで来てくれと言って、都内のある場所を教えた。この子の無事を確かめたかったんだ」

東尋坊は息を吐いて頭を掻いた。ポケットからタバコを取り出し、立夏にも差し向ける。立夏は断った。

タバコをくわえて、東尋坊は話を再開した。

「教えたのは、渋谷《しぶや》の宮益坂《みやますざか》の近くにある公園だ。あそこには監視カメラもないし、若者が歩いていても不思議じゃないからと思って。俺は変装して公園の片隅で段ボールにくるまった。万が一、陽子や陽子の家族に生存を知られたらいけないと思ったからだ。何日か待って、恵里香が来てくれたときは嬉しくて、泣けてきたよ。俺は恵里香に、何かして欲しいことはないかと尋ねた。てっきり、自分と妹を逃がしてくれと言われると思ったが、恵里香はこっちがびっくりすることを言ったんだ。『これから殺される人を、できるだけ助けてあげたい。逃がす手伝いをして欲しい』……」

東尋坊はゆっくりと煙を吐き出した。

「天使に会ったと思ったね。地獄で生きる天使に。俺は恵里香に力を貸すことにした。俺たちは月にいちど、市内のどこかの駅で時間を決めて落ち合うことにした。もちろん長話をするのは危ない。恵里香は殺す場所と時間、方法やなんかを書いた紙を擦れ違いざまに俺に渡す。受け取った俺は相手が埋められた直後に掘り出して、助ける。必要な道具を渡すこともあった。偽物の血液、埋められる人間が袋から脱出するための小型の刃物。全員を救えたわけじゃない。それでも何人かは助けた」

風花の指が立夏の手をやさしく叩いた。

「わたしもそうやって生き延びた一人。殺されるような人間は、たいていが世の中には居場所がない人間ばかりだから、皆しばらくはここで匿《かくま》った。なかには救出されたあと、あまり長く生きずに亡くなる人もいたけど、いちど死にかけると命のありがたみがよくわかるらしくて。死ぬときはみんな、お礼を言って亡くなったものよ」

「恵里香は絶望しながら死ぬはずだった人間に幸せをくれたんだよ。どんな人間だったとしても、それは否定されることじゃない」

風花と東尋坊を交互に見つめたあと、立夏はふたたび下を向いた。風花の手がためらいを示しながら離れるのを待って、立夏は階段を登って行った。

恵里香がいる部屋のドアを開けると、彼女はすっかり暗くなった部屋の中に立ち、壁に寄りかかっていた。窓から入る光は弱くなり、室内は灰色の靄に覆われているかのようにぼんやりしている。

立夏はドアを閉め、謝罪した。

「……ごめんなさい」

恵里香は慌てた様子を見せた。

「どうして、あなたが謝るの？」

「風花さんたちが話してくれました。君が東尋坊さんと出会ってからしてきたことを」

「だからって、あなたを騙していたのは変わらないでしょう。そのうえ――」

その先の言葉は呑み込まれた。あなたと結婚までした、と続ければ、立夏との絆を根底から否定することになる。おそらく、それだけは言うまいと思ったのだ。

立夏は彼女の言葉の前半に共鳴することにした。

「それも、そうですね。ずっと嘘をつかれていたわけですから」

「そうだよ。怒ってよ」

恵里香が小さく、力なく笑った。その声が立夏の心をほぐした。理屈ではなかった。いっそ理屈であれば良かったのに。誰かを好きになるということが。

恵里香は笑い声を消した。徐々に、肩が震え始めた。立夏の喉も痙攣した。恵里香の目から落ちる涙を、立夏の涙が追いかけて、次々と畳にシミを作った。

何をやっているのだろうと思った。きっと自分たちは今、世界でいちばん奇妙な夫婦だ。

お互いの喉が静かになるのを待って、立夏は切り出した。

「……君や風花さんたちの話を聞いて、気になったところがあるんです」

恵里香は鼻をすすりながら、「何？」と尋ねた。

「遺体の処理方法についてです。陽子さんたちが君に遺体を始末させるとき、凍らせて砕いたり、他の方法で小さくして海に捨てると言いましたね」

「うん」

「東尋坊さんのときも、顔と手足を潰してから凍らせるつもりだったんですよね？　冷凍するまえに身元の判明に役立ちそうな部分を破壊するというのは、凍らせてからの手間を省くという意味ではわからなくもないですが。しかし君は今日、花梨さんを刺して埋めようとしていました。そういうやりかただったからこそ、東尋坊さんと協力すれば助かる人もいたわけでしょうけど。それに、柳君が撮影していましたし、茉菜ちゃんも一緒だった。東尋坊さんが殺されかけたときは、目を覚ました彼のそばにいたのは君だけだった。なぜそんなに、殺害方法も状況もバラバラなんでしょうか」

「……わからない。柳の撮影もランダムで、毎回というわけじゃないの。いつカメラを向けられるかは、お母さん——陽子さんが決めてる。死体の始末については、いつも同じというわけじゃない。私たちはただ、そのときに命令された通りのことをしてるだけ」

「被害者を埋めたら、その場にとどまるんですか。それとも、すぐに移動しましたか？」

「少し離れたところで時間を潰す。あなたの土地の、門のあたりまでとか。そこで落ち着くまでじっとしてた。そうしなさいって命令されてたから」

「その間も、柳君が撮っていた？」

「うん……」

頷いた恵里香は乱暴に頬をぬぐった。

「すみません。思い出したくないことを訊いてしまいました」

「謝らないでってば」

恵里香はポケットから折り畳んだハンカチを取り出した。水色の可愛らしいハンカチを開くと、武骨な金属が現れた。

「……鍵？」

「そう」恵里香の声に含まれた苦味が、立夏に眉を寄せさせた。「陽子さんの寝室に、古い金庫があるの。大きくて重い、とても一人では動かせない金庫。そのなかに、陽子さんは私たちの見られたくない、い、い、い姿を収めたSDカードを保管してる」

遠回しな言葉と、はっきりとした発音が、立夏に記録媒体の中身を察知させた。

「昔――私がまだ家族の一員とは認めてもらえない頃にされたことも、豪さんが撮影していた。仕事をするようになってからは、柳が。あいつはサディストで、撮りながら煽るから、お母さんはそれが気に入ってた。映像はときどき私たちに見せる。自分が何をしてきたか忘れないように。わざわざ私たち全員を寝室に呼んで、金庫からS

Dカードを取り出して。これは、その金庫の鍵」

「そんなものがどうしてここに……」

「茉菜と正樹さんが盗んだのよ」恵里香は鍵を握り締めた。「茉菜から聞いたの。茉菜と正樹さんはお母さんに立ち向かうつもりだって。あの二人は愛し合ってる。このまま一生監視されていたくない、自由になるために戦うと決めたんだって」

立夏が反応するまえに、恵里香は続けた。

「聞いたときはびっくりした。茉菜にそんな大胆なことができるとは思わなかったから。私はあなたと一緒になってからも弱いままだったのに」

立夏は言葉を探した。茉菜たちが進めていた計画を、今日の自分の軽率な行動が傷つけてしまったことは言うまでもない。

立夏が口を開く前に、恵里香は続けた。

「陽子さんは、いつも鍵をネックレスみたいにして身に着けていた。だから手を出せなかった。正樹さんが、ほんのわずかでも外す機会はないかと思って、監視用のカメラをいくつか置いたらしいの。そのなかのひとつ、ハーブショップの映像に映ってた……ハーブショップの大きな蘭の鉢の中に隠してあったの。店に飾っておくための、非売品の蘭のね。身に着けていた鍵は偽物だったのよ」恵里香の声が固くなった。

「賭けだった、と言ってた。もしカメラが見つかったらって。でも成功した。陽子さんはときどき、本物の鍵が無事かを確かめている。最後に確認したのは昨日。二日連続で土を掘り返したことはなかったから、今日ならと思ったって……」

立夏は少しのあいだ考えた。

「君たちの役割は、それぞれ決まっているんですか」

「だいたいね。人を殺さなくちゃいけないときは、相手によるけど、私か正樹さん。茉菜は、たまに手伝うこともあるくらい」

「柳君は……？」

「呼び捨てでいいよ。あいつは、殺しすぎるんだって。オーバーキルってわかる？」

立夏は頭を振った。

「わざと苦しめたり、もう死んでるのに相手を何度も刺したり。あんまりひどいから、反省させるためにしばらく人殺しはさせてないみたい」

その代わりが、言葉でいたぶる撮影係ですか。言いかけた言葉を呑み込み、立夏は質問をした。

「……その鍵を使って何をするんです？」

「ＳＤカードを奪うつもりだった。それから三人で、あなたも入れたら四人で自由になろうって」

「映像を記録した証拠がなくなったとしても、陽子さんが君たちを黙って行かせるとは思えません。柳が一緒なら、恐ろしい結果になるのではありませんか」

恵里香は俯いた。

「そうだったかもしれない」

立夏は声の中にかすかな苛立ちが含まれているのを聞き取った。そしてすぐに、すべての可能性を自分が壊した事実を思い出した。

謝ろうとしたが、それも違う。こなかった未来を探るのは、こんな状況ではいたずらに不安を掻き立てるだけだ。

立夏は話の方向性を変えた。

「さっき君が言っていた、子供のころに着けられていた……足輪？　あれは花梨さんにも着けられているんですか。僕はそっちの知識は乏しいけど、居場所を探知する機能のようなものがあったら困りませんか」

「あの足輪はもうないの。豪さんが、いえ、東尋坊さんがあいつらに渡したぶんはもうない。ある一定の時間が経つと壊れてしまうんだか何だかで、使えなくなるみたい」

「豪さんが亡くなったのは、君と僕が出会う少しまえでしたね」

「二ヵ月……経たないくらい、だったかな」

「そのあとはどうしていたんです？　武器の調達は」

「わからない。ボールペンみたいなスタンガンは、まだ使えるみたいで、それを渡されたりはしてたけど――」

ドアをノックする音が聞こえ、恵里香は話を中断した。

「風花だけど。入ってもいい？」

＊

立夏は部屋の電気をつけた。室内が明るくなるのと同時に目の奥が痛み、ずいぶん時間が経っていたのだとわかった。

「お邪魔だった？」

明るい風花の声音に応えるつもりで、立夏は微笑みを浮かべた。

「ううん、ちょうど一区切りついたところ」恵里香が答えた。

「ごはんどうする？　食べるでしょ。食堂に来る？　それとも持って来ましょうか？」

恵里香がこちらを見たので、立夏は目で頷いた。

「食べに行く」

恵里香に続くようにして、階段を降りる。建物の中は静かだ。電灯の明かりは弱く、黄色い砂壁は薄闇に沈んでいる。歩くたび床板が鳴った。

恵里香がこの建物を訪れるのは初めてではないのだろう。あたりを見回す立夏とは違い、まっすぐに風花のあとをついていく。

「あのう、風花さん」立夏は先頭を行く風花に声をかけた。

「なあに？」

「ここは宿泊施設ですよね。表の看板に休業中と書いてありましたけど……」

「恵里香ちゃんのお客さんを迎えに行く日は、誰も入れないことにしてるの。ボロい建物だから、雨漏りの修理だとか水道の不具合だとか言い訳してね。どこから話が漏れるかわからないでしょう？」

風花は一階の食堂へ二人を案内した。台所と一体になっているが、小ぢんまりとして、昭和のまま時間が止まっているかのようだ。壁に据え付けられた薄型テレビだけが、現代の雰囲気を纏っていた。

六人が座れる長方形のテーブルの端に、東尋坊が収まっていた。新聞を広げている。

「花梨はまだ寝てる。あとで食事だけ持って行くわ。テレビ、観たかったら点けて」

恵里香は少し考えてから、いい、と答えた。

立夏もおなじ気持ちだった。あんなことがあったあとなので、ニュースだろうがバラエティ番組だろうが、どんな音でも騒がしく感じそうだ。

「今夜は唐揚げよ。おみそ汁の具はわかめ。さあ座って。立夏さんも」

「手伝います」

「あら、ありがと。でもいいの、ここ狭いから、一人で動いたほうが楽。座ってて」

風花に言われて、部屋の入り口で立ち止まっていた立夏はテーブルに近づいた。恵里香はすでに席についていたので、隣に座る。東尋坊と向かい合うかたちになり、彼は新聞から目を上げてじろりとこちらを睨んだ。

料理の皿がお盆にのせて運ばれて来た。

唐揚げとごはん、みそ汁、千切りのキャベツとトマトのサラダ。風花は手際よく並べていく。殺人や、子供の売り買いの話を聞いた直後に見る穏やかな食卓の光景は、立夏を眩暈のような感覚に陥れた。

恵里香がさりげなく配膳を手伝い、東尋坊はやっと新聞を畳んだ。

風花は東尋坊の隣に座り、両手を合わせた。

「いただきます」

「……いただきます」

料理の匂いを嗅ぐと、空腹である自覚が出てきた。唐揚げを口に運ぶ。恵里香が作ってくれるものよりも油っこかったが、疲れた脳と体は喜んで受け入れた。

奇妙なことだが、食べ物の味を感じた今、昼間のできごとがようやく現実として立夏の内側に根付いた。動き始めた事態が、味を感じることによって意識に縫い付けられた感じだった。

「……おいしいです」

「あら嬉しい。いっぱい食べてね、おかわりもあるわよ」

風花の声は潑溂《はつらつ》としている。立夏はふと、彼女は食事が持つ意味をよく知っていて、立夏の中を駆け抜けた感覚を読み取っているのだろうな、と考えた。もしかしたら風花も、九死に一生を得たあと、生きている実感を手に入れたのは何かを食べたときだったのかもしれない。

「質問をしたいことがあるんです」口の中の唐揚げを飲み込んで、立夏は尋ねた。

「東尋坊さんもあなたも恵里香に助けられた、と言いましたよね」

傍らの恵里香がそっとこちらを窺うのがわかった。東尋坊も、みそ汁をするふりをして意識をこちらに向けている。

立夏は気後れしそうになりながら、続けた。

「東尋坊さんがなぜ殺されかけたかはわかりました。風花さんは……その、何をして……」

東尋坊が乱暴にみそ汁の椀を置いた。

すみません、と言いかけた立夏を押しのけて、風花が喋った。

「わたしは昔、フリーの記者をやってたの。週刊誌にネタを売り込んで、記事を書くやつよ。インターネットが主流になってからは、見出しばかり大袈裟で中身のない記事がもてはやされるようになった。その風潮にのれなかったわたしの仕事は減った。名前も出ないような仕事をちまちまとやってたんだけど、この歳でしょう。最後に大きな仕事をしたくなってね」風花は照れ隠しのように笑った。「若い頃に取材した元売春婦が、気になる話を仕入れたって言ってきたのね。人殺しや、死体の始末を引き受ける一家がいるって。わたしはその話で本を一冊書いてやろうと思って、嗅ぎまわ

「どうぞ」

ったのよ。でもそのうち、わたしに情報をタレこんだ元売春婦が姿を消して、追いかけているうちに、わたしも捕まった。死ぬところだったのを、恵里香ちゃんに助けられた、というわけ」

風花の口調は軽やかだったが、食堂の空気はあきらかに重くなった。

その元売春婦はどうなったのか。尋ねる代わりに、立夏はつとめて明るく言った。

「それからは、この施設の経営を？」

「いえ、ここはね、もとはべつの人がやってたのよ。東尋坊さんの知り合いでね」

「その方は？」

「亡くなったわ。今は裏庭に埋まってる」

立夏は箸を落とした。

風花は弾けるように笑った。恵里香が食事の手を止め、風花に咎《とが》めるような眼差しを注ぐ横で、東尋坊は身じろぎひとつしなかった。

「冗談ですよね……？」

「本当よ」風花は笑いを収めた。「でも、それが本人の遺言だったのよ。ね？」

風花が東尋坊に言うと、彼が説明を引き継いだ。

「ここはもともと、表に出られない、何かの理由で隠れていなくちゃならない連中に居場所を与える施設だった。おなじことをする条件で、運営を続けて欲しいと言われた。生きていると知られるわけにいかない風花なら、入れ替わるのにちょうどいい。亡くなった女は風花とたいして歳が変わらなかったからな」

「歳を取ることのいいところは、顔立ちが似てくるところね。それからは遺志を継いで、困ってる人たちに安い宿とおいしい食事を提供してる。もちろんふつうのお客さんも来るけど、こういうところでは誰もお互いの素性を深く探りはしない」

「常連のお客さんでも見分けがつかないほど、前の経営者の方と似てたんですか？」

風花はサラダをつつく箸を止めて、立夏を斜《はす》に見た。

「気づく人はいる。そういう人でも、『ちょっと雰囲気が変わったな』なんて言って、わたしが『そう？　女は変わるものだから』って誤魔化すと、察してくれて終わり。ぎりぎりのところで生きている者同士の思いやりよ。それでも、用心はしてる」

風花は指の腹を立夏に向けた。よく見ると、指の腹がふやけたようにのっぺりとしていた。

「念のために指先を薬品で溶かして、指紋を消してるの」

顔を背けた立夏の耳に、風花の笑い声が聞こえた。

「それでも、生きているってやっぱりいいわ。わたしは家族もいなかったから、こうなってもあまり未練はない。ひとつだけ残念なのは、両親のお墓参りができないことかな。万が一、お墓の掃除なんかして、生存がバレたら大変だもの」

立夏はまっすぐに風花を見た。

「いつか、必ず行けます。行けるようになりますよ」

風花は眉尻を下げ、困り顔に近い微笑みを浮かべた。

「ありがとう。あなたはいい子ね」

風花の声のなかで何かが膨らんだ。それは先ほど、彼女自身が口にした『思いやり』の一種である、と立夏は直感した。自分の妻が人殺しであり、経歴のほとんどが嘘だったと知ってもなお、他人を慮《おもんばか》る言葉を口にする立夏に、風花はこの宿を通り過ぎたたくさんの人間たちとの共通点を見出したのだろう。

誰も喋らなくなった食堂に、食器が触れ合う音ばかりが流れた。

＊

食事を終えると、立夏は恵里香と二人で後片付けを手伝った。風花が言う通り、台所は狭いので、風花が洗った食器を恵里香が拭き、立夏が食器棚にしまうといった連係プレーになった。

東尋坊は新聞を持って、どこかに引き上げて行った。

「これが終わったらお風呂の準備をするわ。三十分ぐらいしたら入れるから、用意してて」

「ありがとう」

「ありがとうございます」

立夏と恵里香は声を揃えた。

「近くに銭湯もあるけど、出かけるのは怖いでしょ？　狭いけど我慢して。パジャマは脱衣所のカゴに置いといてあげるわ。使い古しだけど、洗濯はちゃんとしてあるから」

立夏はもういちど礼を言った。

風花はまだ鍋を洗っていたが、もういいと言われたので引き上げることにした。食堂を出る寸前、壁の時計を見ると夜九時近くになっていた。時間の流れの速さに啞然とした。

昨日のこの時間は何をしていただろう、と考えた。帰宅して、恵里香と食事をし、テレビを観ていた頃だろうか。昨夜のメニューは生姜焼きと生野菜のサラダだった。

どんな話をしただろうか。思い出そうとすると、他の夕食の時間の記憶と混じってしまい、うまくいかなかった。

部屋に戻った。明かりがついた部屋で、再び二人きりになると、ふと心に乾いた風のような気持ちが忍び込んで来た。寂寥感、と呼べるものだった。

思わず座り込んだ立夏の隣に、恵里香も腰をおろした。

「疲れた？」

「……ええ。君もでしょう？」

「うん……」

恵里香が畳に横になったので、立夏も真似た。見慣れない天井は、古びているのに不思議に温かく、旅館にでも来ているような錯覚を抱いた。

「全部終わったら、旅行に行きませんか」

かすかな、問い返す音が聞こえてきた。

「どこでもいいです。ゆっくりできる……温泉。海のそばでもいいし、山の中でもかまわない」

「……そうだね」

恵里香の答えにあった躊躇《ためら》いには気づかないふりをした。

交代で風呂に入り、布団を敷いた。テレビをつける気分にはならず、早々に布団に潜り込んだ。立夏が風呂から戻ると、部屋を出るときにはあった血糊がついたタオルは見えなくなっていた。立夏がいないうちに片付けてくれたらしかった。

風花は衛生面には気を配っているのだろう。布団は太陽の匂いがし、パジャマは洗剤の香りが残っていた。それがまた、旅先の宿を想起させた。漆黒の室内で、カーテンを引いた窓だけが仄かに明るい。その向こうに穏やかな海や、清々しい森林が広がっていると思い込むこともできそうだった。

そんな想像がもたらした安心感が、立夏に踏み込んだ質問をさせた。

「……これからどうするつもりですか。君たちの計画は僕が台無しにしてしまいました……」

隣の布団が動いた。恵里香がこちらに顔を向けたのかと思ったが、暗闇の中で目を凝らすと、彼女の鼻は天井をさしていた。

「電話があるの」

聞いた言葉の意味を汲み取るのに時間がかかった。

「……電話？　掛かってくるんですか、ここに」

「ううん」かすかな空気の流動。溜息をついたのだろう。「スマートフォンを、ある場所に隠してある。茉菜から聞いた。それで連絡を取り合おうって」

「そのスマホはどこに？」

「……私たちが初めてデートした場所」

「赤レンガ倉庫？」

「建物の裏手に、古いエレベーターの機械があったでしょう。そのうしろの隙間に隠したって茉菜から聞いた。私が茉菜たちの計画にのったら、私に渡すためにそこに隠したんだって。もちろんスマホのことをお母さんは知らない。私と茉菜、正樹さんの三人だけで連絡を取り合うときに使うはずだった」

「君も茉菜ちゃんも自分のスマホを持ってますよね。あれは？」

「陽子さんのチェックが入る。毎日」

立夏は固く目を瞑った。

「僕たちのメッセージとか、電話の回数とかも見られていたんですか」

「……うん」

「でも今、隠してあるスマホを見つけられたとして、茉菜ちゃんとはどうやってやりとりをするんです。スマホをチェックされているなら」

「一台は正樹さんが持ってる。もし茉菜も無事なら、何かメッセージが入ってるはず」

「連絡を取って、どうするつもりですか」

恵里香は口を閉じた。その先は決めかねているのだろう。

立夏は質問を変えた。

「君はどうしたいんです？」

「あなたといたい。これからも、ずっと。そのために何が必要かを考えなくちゃ」

恵里香が考え込む気配がしたので、立夏は彼女の答えを待つつもりで口を閉じた。

しかしいくら待っても声は聞こえず、部屋を満たす暗闇の密度ばかりが増していき、立夏は眠気に捕らわれ始めた。

小さな笑い声が聞こえたのは、瞼をおろそうとしていたときだ。

「……何です？」

「ごめんなさい、笑ったりして。でも、思い出しちゃって」恵里香はささやかに笑い続け、ゆっくりと息を吐いた。

「私の浮気を疑っているとは思わなかった。しかも、あんな理由で」

立夏は恵里香のほうへ体の向きを変えた。

「あんな理由じゃないですよ。君は美人だし、誰とでもふつうに話せます。僕は敬語を使わないと人と話すことさえできません。恋人だって、君よりまえにいたことがない。デートのプランを練るのも下手です」

「最初のデートのときのあなたはおかしかったな。待ち合わせ場所で大きな花束を抱えてるんだもの。それ持って歩くの？　って思った」

「あのときはすみませんでした……」

「私の歳の数の薔薇《ばら》の花だったね。初デートでやること？　って」

「ほんとに、すみません……」

「でも嬉しかった。あなたが一生懸命に考えてくれたプレゼントだったから。それに、さっきの言葉も嬉しい。あなたから見た私は、誰とでも気軽に話せる、元気な、ふつうの女の子だったのね」

「……はい」

「そうなりたい、と思ってた」

声が暗闇に溶けていくように細くなって、続いた。

「……もし陽子さんが、私が遺体を埋めたはずの場所を掘り起こしたりしたら大変なことになる。今はまだ、逃げた花梨と私やあなたのことで頭が一杯だろうけど。もしそこまでバレたら、茉菜も私を信用してくれなくなるかもしれない」

一瞬遅れて、立夏は上半身を起こした。うっすらと窓から注ぐ光の中、恵里香は目を閉ざしていた。

「茉菜ちゃんに打ち明けてなかった……？」

「うん。言わなければ、事が明るみに出ることがあっても、あの子が助かる可能性を残せると思って」

これを言ってもいいのだろうかと悩んだが、立夏は口にすることにした。

「その可能性に賭けるのは、とても危険なのではありませんか」

「そうだね」

「それでも君は、救える命を救いたかったんですか」

恵里香の頭が小さく動いた。

立夏は自分も枕に頭を沈めた。

心の端にほんのりと明かりが灯っている。

「人間は不思議です。こんなときなのに、僕は今、幸せを感じてる」

恵里香が身動きをする気配がした。こちらを向いたのだとわかったが、立夏は暗闇に馴染む天井から目を離さなかった。

「君がそういう人で良かった、と思いました。危険なのがわかっていて、自分の行動の欠点を理解していて、それでも命を守ろうとする。僕は君の矛盾を知って、いっそう君のことが好きになりました」

「……私もあなたのそういうところが好きよ。好きなら好きだって口にする。遠慮しないで、本当のことを言う。すごいと思う」

「遠慮の仕方がわからないんです。だから生きづらい」

静けさがあたりを包んだ。

だいぶ経ってから、恵里香がぽつりと言った。

「あなたが私を好きなようなそぶりを見せ始めた頃。陽子さんが私に言ったの。あなたと結婚しなさいって」

「陽子さんが？」

「陽子さんはどこからか、あなたの土地の登記書類を持ってきた。人を埋めるには、場所が必要だから。長いこと掘り返されない土地が。そういうところは多くはない。あなたが持っている土地は都合が良くて、そのうえあなたには家族もいない」

立夏の胸にさまざまな思いが去来した。息苦しいほどだった。感情がもつれあい、いくつもの言葉に変わったが、そのどれもが音にならないうちに喉の奥で溶けていった。

恵里香は静かに続けた。

「あなたが頻繁にお店に来るようになって、茉菜はあなたが私に気があるんじゃないかってからかったけど、私はそうは思わなかった。思いたくなかったのね。陽子さんがどんな反応をするか、わからなかったから。だから結婚しろと命令されたときには、一体どうしたらいいんだろうって。いっそあなたが断ってくれたらいいと思った。でも気がついたら私はあなたのことを好きになってた。あなたといると私は、ずっとなりたかった私でいられる。新しい人生を始められたような気がして。本当のことを言わなきゃ、言わなきゃ、って思いながら、この幸せをもう少し味わっていたいと偽り続けて、結局、今日まできてしまった……。今から私を嫌いになってとお願いしたら、あなたはそうしてくれる？」

立夏は布団の中で寝返りを打ち、恵里香に背中を向けた。今の自分にできる、精一杯の抗議だった。

その姿勢のまま尋ねた。

「恵里香はあとからつけられた名前なんですよね」

「……うん」

「本当の名前を教えてください」

「覚えてないの。忘れろと言われたから、頑張って忘れた」

立夏は布団の中で体を強張らせた。起き上がって抱きしめればいいのか、泣けばいいのか、判断できなかったのだ。

だいぶ経ってから、恵里香は静かに告げた。

「おやすみ……」

同じ言葉を返してから、立夏は瞼をおろした。

*

立夏は恵里香が布団を抜け出す気配で目を覚ました。うつらうつらしながら、珍しいな、と思った。恵里香は朝が苦手で、いつも布団の中でもぞもぞしている。起きるのがつらいなら僕が朝食を作りますよと言っても、恵里香は自分がやると言って聞かない。恵里香は食事を作ることにこだわりを持っていた。そのことについてなんとも思わなかったけれど、彼女の過去を本人の口から聞いた今となっては、自分が作った料理が食卓に並ぶ光景は、とても重要な意味を持っていたのだと想像できた。

そこまで考えて、立夏はすべてを思い出し、目を開けた。

「おはよう」

声をかけられて顔を向けると、恵里香がパジャマを脱いでいるところだった。急いで顔を背けた。恵里香が反対側を向いていなければ笑われたかもしれない。夫婦なのに、と。

「おはようございます……」

「眠れた？」

「……ええ」

恵里香の声はしゃっきりとしていて、昨夜の陰鬱な会話が嘘のようだ。一方立夏の頭は晴れなかった。眠りは浅く、嫌な夢を見たような気がするのに、夢の内容を覚えていない。

起き上がると、パジャマの背中が汗で張り付いていた。冷房を入れて着替える。そうしているうちに、意識がはっきりとしてきた。

「顔洗って来る。ごはんできてると思うよ」

「あ、僕も行きます」

洗面所に降りて行く恵里香のあとを追った。廊下では誰にも会わなかったが、食堂からは人が働いている物音が聞こえてきた。洗面所は狭いので、恵里香が顔を洗うあいだ立夏は外で待った。

「風花さん、化粧水を貸してくれる?」

立夏が顔を洗い始めた頃、恵里香が食堂に向かって声を上げるのが聞こえた。すぐに風花の声で、洗面台の下に置いてあるわよ、と返って来た。

冷たい水を顔に掛けながら、立夏は妙な気持ちになった。顔を洗ったり化粧水を探したりといったルーティーンワークが、昨日の夕食とはまた別の角度から、置かれている状況と現実とを縫い合わせていく。

食堂に入っていくと、複雑に混じり合う食べ物の匂いが鼻を刺激した。昨日とおなじように新聞を広げている東尋坊のうしろで、エプロンをつけた風花が忙しく働いている。コンロを埋める鍋やフライパン、そこで調理されている食材は、四人分の朝食にしてはあまりに量が多かった。

「おはようございます」

「おはよう。立夏さん、ちょっと手伝ってくれる?」

昨夜とは真逆の態度に驚きつつ、頼みごとをされる嬉しさも覚えながら立夏は台所に入った。

シンクの横のスペースに、総菜屋で見かけるようなプラスチック製のトレーが並んている。風花はそこへ、手際よく調理したものをよそい、秤に載せては量を調整していった。

「近くの食堂に卸してるのよ。ラップをかけてもらえる？」

言われた作業をこなしながら、立夏はこれが《やまなみ》の大事な収入源のひとつなのだと察した。トレーはざっと数えただけでも四十個ほどあり、卵焼きや切り干し大根と油揚げの炒め物、ほうれん草の煮びたしなど、つけあわせに良さそうなものばかりだ。近所の食堂がどういうところかは想像するしかないが、ここが日雇い労働者の町なのだとしたら、飯とみそ汁、あるいはうどんなどにいくつかの総菜を選んで金を払う形式の店に違いない。

夕食のときには見なかった光景だが、三食の配達ではないのか、あるいは昨夜は、立夏たちが食堂に降りて行く前に総菜の納入は終わっていたのだろうか。

「おう。その顔は眠れなかったみたいだな」

ラップをかけ終えて食堂に戻ると、東尋坊にからかわれた。

立夏は笑った。洗面所の鏡に映した顔にクマはなかったので、東尋坊はあてずっぽうで言っているのだろう。

総菜を届けるために出かけた風花は、十分と経たずに戻ってきた。その頃には身支度を終えた恵里香も食堂にいたので、彼女はテーブルに朝食を並べる手伝いをした。白米と味噌汁以外は、どれも総菜の中にあったメニューだ。

箸を取る前に、恵里香が訊いた。

「花梨は?」

「明け方に目を覚ましてね。少し話をした。さっきおかゆを作って持って行ってあげたところ。あとで会いに行けばいいわ」

「そう……。いろいろとありがとう」

「どういたしまして」

会話が途切れるのを待っていたかのように、東尋坊が口を挟んだ。

「あんたら、これからどうするつもりだ。逃げるなら、新しい名前と身分証がいるだろう。手に入れてやろうか」

恵里香は一瞬、動きを止めた。あきらかに、そういう方法もあるのだと気づいた顔だった。

だがすぐに、背筋を伸ばして言い切った。

「それはだめ」

「どうして」

「……私たちだけ自由になんてなれない。茉菜と正樹さんも助けなきゃ」

素早くこちらに移った東尋坊の視線を受け止めて、立夏は頷いた。恵里香の意志に従うと言ったつもりだった。

「だったらどうするんだ？」

どう答えようか、と立夏は恵里香を見ることで尋ねようとした。しかし恵里香は、立夏が彼女の横顔を見るより先に言った。

「陽子さんと会ってみようと思うの」

これには立夏が驚き、えっと叫んでしまった。

恵里香は東尋坊と風花を交互に見ながら続けた。

「立夏は外の人間でしょ。家族はいないといっても、仕事の繋がりもあるし友達もいる。そのふつうさが立夏の武器。私たちが独立を申し出るのと一緒に、茉菜と正樹さんも自分たちだけで生きていきたいと言えば、陽子さんは潮時を感じるかもしれない。時代の変わり目に、ふっと風が吹いて何かが変わる時みたいに、諦めてくれるんじゃないかと思うの」

二人は考え込むように目を伏せて、長いこと黙っていたが、やがて揃えたように頷いた。

「そんなに簡単なことかしら」

「簡単とは思わない。でも、どんなことにも区切りはある。それが今なんじゃないかな」

全員が口を噤むと恵里香は畳みかけた。

「陽子さんも最近は年齢を感じてたはず。私と立夏の結婚を許しただけじゃなくて、茉菜と正樹さんのことも理解してたって聞いた。それなら、希望はあると思わない？」

風花がためらいがちに答えた。

「それは、そういうこともあるかもしれないけど。……ほんとはね、あなたたちだけでも、無事に逃げてほしいわ」

頑な様子で「それはできない」と繰り返した恵里香の横で、立夏はこちらを窺っている東尋坊と目を合わせた。

「恵里香の話によると、陽子さんがしていることは醜悪ですけど、反社会的勢力のような大きな組織ではありませんよね」

立夏に全員の視線が集まった。

「恵里香の味方が茉菜ちゃんと正樹さん、僕、陽子さんの側につくのが柳だけだとしたら、人数的にもこちらが有利ではないですか」

「いきなり会いに行くのは危険だぞ。俺が渡した武器だって、まだいくつかは使える状態かもしれない」

「それは承知の上で。恵里香が今言った、諦めたくなる気持ちに賭けてみるのもいいんじゃないかと思うんです」

恵里香が小さな声で立夏の名前を呟いた。賛同してくれるとは思っていなかったのかもしれない。

「もちろん僕も一緒に行きます。陽子さんと会うのは人目のある場所で。茉菜ちゃんと正樹さんにも同席してもらいます」

「……いい旦那さんだな」

東尋坊はテーブルの下で、立夏のすねを蹴った。


食事を終えると、恵里香は花梨に会いに行くと言った。

「僕も行っていいですか？」

考えるそぶりを見せた恵里香だが、現れた立夏が声を上げたのを、花梨も見ていたことを思い出したのだろう。同意してくれたが、もしかしたら男性を怖がるかもしれないと付け加えた。

廊下を進み、花梨にあてがわれた部屋のドアを恵里香が叩いた。

「はい」細い声が返って来た。

「入ってもいい？　もう一人、男の人が一緒なんだけど……」

「大丈夫」

恵里香はドアを開け放ち、先に室内へと踏み込んだ。

立夏は部屋の入口に立ち、閉じようとするドアを背中で支えた。

四畳半の真ん中に、だぶついた服を着た花梨が正座していた。風花の服を借りているのだろうと、立夏は察した。服が明るい色のせいもあるのか、花梨の顔色はすっかり良くなっている。花梨のまえにはちゃぶ台があり、その上に小さな椀と湯飲みが並んでいた。朝食のおかゆだろう。完食してあるのを見て、立夏もほっとした。

「……こんにちは」

花梨がこちらを見るのを待って、立夏は会釈をした。

「――おはようございます」

「この人は立夏。私の夫」

「結婚してたんですか？」恵里香に顔を戻し、花梨は声を上擦らせた。

「うん」

「この人も、陽子さんの？」

「違う。立夏は昨日までは何も知らなかった」

花梨は「でも……」と呟き、口を閉じた。自分の身に起きたできごとと、昨日の光景を引き比べているのだろう。

説明したほうがいいのだろうかと考え始めたとき、恵里香が花梨の前で膝を折った。

「花梨。自分の本当の名前、覚えてる？」

「シノです。ムライ、シノ」

恵里香の目に驚きが浮かんだ。

「どんな字を書くの？」

「木偏の村に、井戸の井。シノは、ポエムという意味の詩に、こういう字」

指先が空中に描いた文字を、立夏は思い浮かべた。

村井詩乃。

名前を知ったことで、目の前の若い女性が立体的に見えた。彼女が重ねてきた一日一日が、肉と熱を備えて目の前に現れた感じだった。

「体はどう？」

「どこも悪くないです。本当にありがとう。わたしを助けるの、大変なことだったんですよね」

「そうだね。でも……」

恵里香が言い淀んだので、立夏もその場に膝をついた。

「僕が邪魔したんです」二人は振り返った。「恵里香の様子がおかしいことに気づいてあとをつけ、そのせいであやうく君を危険に晒すところだったんです」

「あなたが走って逃げてくれて助かった」恵里香が付け足すように言った。「そうじゃなかったら、私も立夏も捕まっていたかもしれない」

詩乃は頭の中の考えを追うように顔を伏せた。

「い、ホクトのことを何か聞いていませんか」

「ホクト？」

恵里香の声にかすかな焦りが滲んだ。

「『ホクト』っていうのが、あなたのきょうだいの名前？」

詩乃は頷いた。

「え、待って。それ本名？」

恵里香がなぜそんなことを尋ねたのか、立夏は一瞬考え込み、すぐに理解した。

『ホクト』がどんな字を書くとしても、植物の名前は当てはまらない。

「そうです。忘れないようにって、わたしが言い聞かせたんです。わたしが生きてること、陽子さんにバレちゃってるんですよね。だったらホクトも殺されるかもしれない」

「あなたがホクトから引き離されるとき、その子は生きてたんだよね？」

「はい」

だったら希望はあるじゃないですか、と続けようとした立夏は、恵里香の様子を見て言葉を呑み込んだ。じっと考え込み、何もない一点を見つめている。

詩乃は震える声で懇願した。

「あの子も助けてくれませんか」

「――わかった」約束はできないと言いたいのを堪えている声音だった。「ホクトの性別と、歳は？」

「男の子です。歳は、十二か、三くらい」

詩乃の手に自分の手を重ねた恵里香を、立夏は黙って見つめた。

廊下に出ると、東尋坊が待っていた。

「それで、どうする？」

恵里香は表情を引き締めた。

「横浜に行く。送ってくれる？」

深くは尋ねずに、東尋坊は車を出してくれた。風花も見送らなかった。あえて心配を見せない様子に、立夏は二人の気遣いを感じた。

後部座席に並んで座ったとき、車内のデジタル時計は七時三十分を表示していた。

「桜木町《さくらぎちょう》駅の近くで降ろして」

東尋坊は黙って頷いた。

質問も、そして、雑談もないまま車は走った。

やがて塔のような高層ビルが見えるところまで来ると、彼は車を停めた。

「その先が桜木町の駅だ」

「うん」

「ここで待ってる」

「ありがとう。でももし、三十分経っても戻らなかったら《やまなみ》に帰って」

東尋坊は思うところがあるように振り返ったが、何も言わなかった。しかし恵里香が後部座席のドアを開けたとき、折りたたんだ一万円札を二枚差し出してきた。

「何かのときのために」

受け取った恵里香は感謝の言葉を口にした。

「……必ず返すから」

東尋坊がそっぽを向くのを待って、立夏たちは車を降りた。

＊

風が全身を包んだ。見上げると、見事な晴天が広がっている。日差しは強いが、蒸し暑さはそれほどでもない。

潮風が吹いてくる方向に足を進めた。馬車鉄道のレールに沿って歩道を進むと、赤レンガ倉庫を望む広場が現れる。

「懐かしいね。あなたと初めてここに来たとき、とっても楽しかった。海も建物もみんなきれいに見えて、わくわくしてた。……ただ、あなたに対する罪悪感だけはあった」

「また来ましょう。すべて終わったら、一緒に」

「いいね。そのときはちょっと贅沢に、このへんのホテルに泊まって朝日を見たいな」

「旅行先は決まりましたね」

芝生を越えたところに、オレンジ色を帯びた赤いレンガの建物が二棟、向かい合っている。内部のショッピングモールはまだ営業していないのに、すでに観光客の姿が散見された。

「スマホは……」

ほとんどの人間が、倉庫と倉庫のあいだにある広い通りを抜けて、海が見渡せる広場を目指していく。その人波から、恵里香は立夏の腕を引いて離れた。

赤レンガ倉庫の裏側へ回ると、装飾が施された表とは打って変わって、倉庫だった頃の面影が色濃い静かな景色が広がっていた。すぐ近くには駐車場もあるが、車を降りた人々は寂しい壁面には目もくれずに、美しく賑やかな方向へ引き寄せられていく。

コンクリートの通路の片隅に、灰色の機械が取り残されたように置かれていた。近づくと、説明板があり、荷物用エレベーターの一部だった旨が書かれている。

恵里香は素早く屈んで目立たない部分を探り始めた。立夏は、傍目には古い機械に興味を持ったカップルが観光に来たように見えるよう、恵里香の手元を覗き込んだ。

「……あった」

機械の土台に手を突っ込んでいた恵里香が言った。

布が破れるような音が聞こえ、恵里香の腕が戻ると、手にはひきちぎったガムテープとスマートフォンが握られていた。

「電池は大丈夫ですか」

「電源は切ってあるって言ってたから、まだもつと思うけど……」

恵里香はガムテープを剝がして捨て、スマートフォンの電源を入れた。

息を吞むような時間が経過して、画面が明るくなる。恵里香の指が素早く押したパスワードは、立夏の誕生日だった。

ショートメールサービスに一通の着信履歴がある。恵里香はアイコンを押した。

白い背景に、たった一言だけが表示されていた。


無事？

送信時間を見た。

昨日の午後五時十分。

恵里香は溜息をこぼした。

「ずいぶん待たせちゃったね」

涙ぐんで、恵里香は指を動かした。


こっちは大丈夫。そっちは？


画面に並んだ文字を二人で眺めた。

返事はなかなかこない。強い海風に煽られ、恵里香の髪が立夏の頬をくすぐった。

その感覚を避けるために、立夏は一歩横にずれた。そうしながら、顔を上げた。

恵里香の肩越しに、海側の広場へ続く芝生が見えた。夏空の下を人々がのんびりと歩いている。その光景の中で、何かが意識に引っ掛かった。

「……恵里香」

刺激の正体に気づいた立夏は、恵里香の肩を摑んだ。

振り返った恵里香が立夏の視線を追う。

そして、彼女もそれを見た。

大勢の観光客の中に現れた二つの点。張り詰めた緊張で存在が際立っている。一人は立夏たちが気付いたのを見てこちらに向かって走り出した。そのうしろから、やはり歩みを速くしたけれど、目では逃げろと訴えているもう一人の男が近づいてくる。正樹さん、と、恵里香はなぜか自分たちから距離が離れているほうの青年の名を呟いた。

一方、立夏は接近してくる痩せた若者の名前を口にした。

「柳」

刹那《せつな》、恵里香が強い力で立夏の手首を掴んだ。横に引っ張られ、足がもつれる。転びそうになる立夏にはお構いなしに、恵里香は走った。

背後から迫ってくる足音がする。

柳の足音は地面を切り刻む刃物のように軽やかで、危険だった。

周囲の人々が何事かとこちらを振り返る。

立夏は爪先を地面に引っ掛けた。転倒こそ避けられたものの、走る速度が落ち恵里香の腕を引っ張ってしまう。不意にうしろへ引かれた恵里香はつんのめりかけたが、力をこめて立夏を引き起こした。

柳はすぐそこまで迫っている。

立夏が慌てたときだった。

決意を固めたように、恵里香が立夏の手を離した。右手で拳を作り、肩を引く。その拳で殴ると見せかけて、脚をひらめかせて柳の横っ面に蹴りを入れた。きれいな決まり方ではなかったが、不意を打たれた柳の手から握っていたボールペンが落ちる。柳は横向きに倒れた。

ちょうどそのとき、正樹が建物の角を曲がって現れた。柳は殴られた箇所を押さえて蹲《うずくま》っていた。

目が合ったとき、正樹は立ち止まった。そして素早く唇を動かした——『逃げろ』。立夏にははっきりと、その動きが見えた。

恵里香は立夏の足元からボールペンを拾い、走り出した。立夏も従った。恵里香とおなじ速度で地面を蹴り、青信号が点滅する横断歩道を突っ切り、がむしゃらに駆けた。足の裏が熱を持ち、口の中が乾燥したが、眩暈は起こらない。つい昨日、おなじように全速力で駆けたときよりも余力があるのは、足元がたいらなアスファルトだからかもしれない。

立夏はゆっくりと、歩道の脇に寄りながら足を止めた。

息をするたびに胸が痛んだが、倒れるほどではない。

瞬きをして恵里香を見た。彼女も肩を上下させ、潤んだ目で立夏を見ていた。

「……大丈夫？」

声を出す代わりに立夏は頷いた。

いつの間にか細い通りに入り込んでいた。人通りはあるが、観光客らしい姿はない。

「ここ、僕の仕事場の近くですね」

立夏は通りの先を指した。

「桜木町の駅に戻るよりも、ここから地下鉄に乗りませんか。東尋坊さんも、三十分したら《やまなみ》に戻るでしょう」ふと、立夏は恵里香の左手が握っているものに気づいた。「その電話、電源を切ったほうがいいんじゃないでしょうか」

恵里香ははっとして、握りしめたままのスマートフォンを見た。持っていたことを忘れていたようだ。一瞬、遠くに放り棄てようか考えるそぶりを見せたが、何かを決心したように電源だけを切った。

「どうして正樹さんと柳がいたんでしょうか」

「何かがあって、スマホの場所が漏れた……のかな」

「何か、というと？」

恵里香は口元を拭った。

「正樹さんか茉菜が、仕方なく教えたんだと思う。たぶん、お互いを守るために」

「でも正樹さんは、ちゃんと味方してくれましたね」

昼の動きを思い出し、立夏は言った。

「そうだね。私も見てた」

恵里香は立夏の手を引いて、大通り沿いに進んだ。立夏の仕事場がある方向を意図的に避けたので遠回りになったが、やがて行く手に、大きな白い壁の建物が見えて来た。その横に、地下鉄みなとみらい線・馬車道駅の入り口がある。

「ねえ、立夏」

恵里香の声が硬くなった。

「なんですか？」

「昨夜、話したとき。私がすべてを打ち明けたとき。あなたが、言わないでいてくれて嬉しかった」

「言わないでいた……？」

オウム返しに尋ねたとき、立夏は恵里香の横顔がかすかに微笑んでいることに気づいた。

「あんな話を聞いたら大抵の人は、『なんで陽子さんをやっつけないんだ？』って言うと思う。あるいは、逃げればいいじゃないか、チャンスはいくらでもあっただろうって。豪さんが死んで、今はお母さんだけ。正樹も仲間になった今なら、いつでも簡単に倒せる相手のはずだ。そう考えなかった？」

立夏は黙っていたが、恵里香は立夏の表情から何かを読み取ったらしい。

「ありがとう。あなたがそういう人だとわかっていたから私は、あなたを好きになったのかもしれない。結婚は命令されたものだったけど、あなたを愛した気持ちは、どうしようもなく本物」

いよいよ答えるのが難しくなって、立夏は口ごもった。礼を言うのも詳しく訊くのも違う。強すぎる感情に言葉は追いつけないようだった。

地下鉄の入り口をくぐった。仕事場に行くときに使っている出入り口ではないが、通ったことはある。狭い通路が伸びていた。

馬車道駅は広く近代的な駅だが、出入り口によっては人通りがあまりない時間帯もある。特に日中はそうだ。途中、スーツ姿の男性と擦れ違ったが、その後はしばらく二人だけになった。立夏は待ち伏せの可能性を考えた。正樹がこちらの味方であることは、柳にはまだ秘密にしてある可能性が高い。だとしたらかたちだけでも追いかけてくるだろうが、待ち伏せをするとしたら改札口で見張るだろう。むしろ、うしろから来られるほうが怖いだろうか。

そう思って振り返った瞬間、首筋に激痛が走った。

弾き飛ばされるように背後の壁に激突した立夏を、恵里香の手が支えた。

意識はあるのに、視界が激しくぶれて、唇も指も動かない。

「ごめんなさい」涙声で言う恵里香の手には、柳が落としたボールペンが握られていた。「本当にごめんなさい……。電気ショックってとっても痛いの。でも、すぐに動けるようになる。そうしたら逃げて。私はここを離れたら陽子さんに電話を入れるから、正樹さんと柳に連絡がいって、二人はあなたを探すのを諦めるかもしれない。警察に行って、妻が昨夜から帰ってないと言って。東尋坊さんたちのことは忘れて。あなたは何も知らない。そういうことにして、生きて行って」

自分自身に言い聞かせるような言い方だった。

わずかに間を置いたあと、恵里香は顔を近づけて立夏の頬に触れた。離れていくとき、指先が遠慮がちに唇を撫でた。

「……さよなら」

いちどだけ、まるで日常の中にいるときのように、照れくさそうに微笑んだ。

恵里香は立夏のシャツの胸ポケットに何かを挿し入れると、そのまま立ち去った。
立夏の腕は最後まで動かなかった。

Ring Boy

本当の名前を忘れないで。

詩乃に何度もそう言われた。だから今でも本当の名前を憶えている。北登《ほくと》だ。忘れろと言われたけれど頑張った。

目を開いて、北登は部屋の壁を見た。

見慣れない壁だ。とはいっても、ここに連れて来られる前に見続けた部屋の壁と、たいした違いはない。あっちの壁紙は色が褪《あ》せていて、角のところが浮いていた。こっちの壁紙はところどころが破けていて、角のところはちゃんと貼り付いている。

ここに入れられたのは二日前だ。たぶん。

窓の外が二度、暗くなったから。そのまえにいた場所に入れられて何年たつのかからない。このあいだ詩乃に、あんたのお姉ちゃんになって今日で二年目ね、と言われた。あれは本当にちゃんと日数を計っての発言だったのだろうか。今更確かめる術《すべ》はない。

北登は感覚が鈍い。ときどき、心が死んだように何も感じなくなる。そういうときには、お母さんにしろと言われたことがうまくできなくなった。そうなると詩乃に災いが降りかかる。あんたがしっかりしないから弟がこうなのだ、と怒鳴られ、ぶたれる。

詩乃をそんな目に遭わせてしまう自分が嫌だが、詩乃は自分がひどいことをされたあとでも、北登を抱きしめてくれた。

隙を作るから逃げて。

詩乃にそう言われたとき、北登はなぜなのかわからなかった。逃げても行くところがない、と答えると、とにかく走って、人がいっぱいいて、賑やかな場所まで行ったら、なるべく優しそうな大人を選んで助けてくださいと言うのよ、と言った。

なぜ？ と問い返したかった。

なんでそんなことをしなくちゃいけないの。ここから逃げるのは大変なことだし、失敗するかもしれないし、そうなったら痛いこととかあるのに、なんで。

北登は質問しなかった。詩乃の目の力に押されたからだった。詩乃の目はときどきすごくきれいになる。水っぽい、光のような、正体はわからないけどものすごく見ていると気持ちがいいものが溢れる。そのときだけ、北登の心には命が宿る。心がぶわっと持ち上がって、とてもいい気持ちがする。その気持ちに名前があるのかはわからない。わからないが、自分が知っている中でいちばん、いいものだ。

いいものを保ちたい一心で、今まで何も言わなかった。

それがいけなかった。逃げてと言われた当日、お母さんはお兄さんを連れていた。

お母さんはほっそりした背の高いお兄さんを、リュウと呼んだ。

　詩乃はお兄さんに、北登はお母さんに取り押さえられた。何度も殴られながら、この場合はどうなるのだろうと考えた。逃げるように命令したのは詩乃だから、北登に咎《とが》がくるだろうか。それとも、逃げたのは北登だから詩乃に？

　答えはどうやら、両方に、だった。

　北登はこの部屋に入れられ、リュウに何度も殴られた。北登は抵抗しなかった。殴られるから避けようとか、逃げようとかは考えない。避ければ余計に暴力を浴びることになるし、逃げられるとはもとより思っていない。それよりも詩乃がいなくなったことのほうが悲しかった。

　暴力も、理不尽な命令も、受け流せばなんてことはない。明日のことなんて考えなければ不安にならない。北登にとって生きるというのはそういうことなのに、詩乃はぶたれながらお母さんを睨んだり、反抗的な言葉を投げつけることがあった。そうかと思うと、突然激しく謝ったり、泣いて見せたりもする。北登には、詩乃のそんな様子が不思議だった。それが詩乃の目に現れる、いいものと関係があるのか考えたりした。

　いつかここを出ようね。

それが詩乃の口癖だった。

出たら、海を見るの。どこでもいい、広い海。それでね、ソフトクリームとか食べて、きれいな景色の中を散歩するの。

北登はいつも不思議だった。

夢を語る詩乃の目は水と光に溢れて、殊更にきれいだった。だから、詩乃が語る夢が叶えばいいのにと思っていた。それなのにどうして、詩乃を危険に晒すようなことをしたんだろう。

北登は、リュウに殺されるらしい。

柳は『家族』の一員だが、『仕事』では暴走してしまいがちで、それからはアシスタントしかさせてもらえなくなったのだという。けれどそろそろ罰を解いていくから、慣らすために北登を使うそうだ。

詩乃はどうなったんだろう。死んだのだろうか。世界から消えてしまったのだろうか。

考えただけで、胸が苦しい。心を水に沈められて、溺れているみたいだ。こんな気持ちは知らない。

北登は膝の間に顔を埋め、しばらくそのまま動かなかった。

足音がふたつ、聞こえてきた。お母さんと、リュウだろう。北登の心は固いまま、小動《こゆるぎ》もしなかった。

ドアが開いた。

「じゃ、早めにね」陽子さんの声が聞こえた。「まったく面倒だわ。わたしは大忙しよ」

「あー大変だよね」リュウはいつもの、笑っているような声で答えた。「じゃあ始末したら、こいつもそのまま積んで、運ぶよ。でさ、立夏たちの死体と一緒に始末すればいいんでしょ」

「そうねえ。凍らせるのは一日あればいけるけど、問題は捨て方よねえ。三人分もあると、海に撒くのも大変だわ。魚が集まって、不審がられたらいけないし、いっそみんなで手分けしてあちこちの海と山に捨てようかしら」

「埋めるのは？」

「埋めるといったって、あの場所でいいのかどうか。土地の名義は菅沢立夏のままなのよ。あいつの行方不明が公になったあと、掘り返されるようなことになったら面倒だわ。そのうち新しい土地を見つけなくちゃならない」

「今度は土地持ちの女を引っ掛けた方がいいんじゃない。正樹にやらせなよ。あいつかっこいいし、愛想がいいから釣れるよ」

「やればいいけどね」

「大丈夫でしょ。とにかく、おれ、こいつやっちゃうから。見ててくれる？」

「そうしたいけど、正樹と茉菜を二人きりにしておけない」声が歪んだ。「恋人同士ってのは厄介なの。一人じゃ思いつかないことも平気で考える。秘密のスマートフォンまで用意してたなんて。気をつけてなくちゃならないわ」

「へーえ……」

「何よ？」

「お母さんとお父さんも、一人じゃ考えられないようなことを二人で考えて、こんな仕事を思いついたのかなって——痛っ」

軽く小突く音と、リュウのわざとらしい悲鳴が重なった。

「余計なこと考えるんじゃないよ、バカ息子」

北登は顔を上げた。

柳の頭を小突いた陽子さんはこっちを見た。北登と目が合っても表情を変えない。彼女の瞳は、詩乃のような水っぽい光のようないいものではなく、温度のない鉄か石みたいだ。

「この子はおとなしいからすぐ済むと思うけど、部屋を汚さない殺し方にしてね」

「……ええ？」

「好きなようにさせてあげるって言ったけど、忙しくなっちゃったんだからしょうがないでしょ。後片付けが楽なようにやって」

「わかった。じゃあ首絞めか殴打か」

「殴るんなら脳みそが出ないようにね。絞め殺すんなら先にトイレに行かせなさいよ」

「了解。あ、お母さん」

振り返るくらいはしただろうが、返事は聞こえなかった。

「しばらくのあいだ、子供はおれたちだけで良くない？」

鼻を鳴らす音が聞こえた。お母さんがよく立てる音だ。

「それはあんたたちの態度次第ね」

お母さんが立ち去る足音が聞こえた。お母さんの足音は、右足のほうが少し重い。

その音が遠ざかると、壁際に隠れていたリュウの手が見えた。リュックを提げている。

部屋に入ってきたリュウは、リュックを開けて中のものを引っ張り出した。金槌、ロープ、名前がわからない先が尖った金属が、続々と出てくる。

それを見ても北登の心は動かなかった。

リュウはしばらく床に並べた道具を眺めていたが、やがて金槌を取り、北登の傍らに屈んだ。

北登はわざと頭部をリュウのほうに突き出した。本能に根差した恐怖が、うっすらと顔を覗かせたけれど、北登の心を変えさせるほどではなかった。意識を占めていたのは、もしあの世というものがあるのなら、そこで詩乃と会えるかもしれないという希望だった。

衝撃に備えた。けれど、そこでまったく予想外のことが起こった。リュウが北登の耳元に唇を寄せ、囁いたのだ。

「花梨に会いたいか?」

疑問と希望が、音になって北登の喉を震わせた。

「声を出すな。はい、の意味だったら頷け。生きている花梨に会いたいか?」

流し込まれた言葉の意味を、北登は考えようとした。しかしその作業はうまくいかなかった。さっきまで平坦だった胸が泡立ち、激しく波打っている。

それでも答えは決まっていた。北登は頭を動かした。

「いいか、よく聞け。おまえの死を偽装する。殴るふりをするから、そのまえにこの目薬をさせ。それからボールを両脇に入れろ。運ぶ間、体の力を抜いて、絶対に動くな」

リュウは小さなボトルに入った液体と、五センチほどの直径の球をふたつ、北登の手に握らせた。

北登は握らされたボトルを見た。リュウは素早く言った。

「瞳孔を開かせる薬。人は死ぬと瞳孔っていうのが開くんだ。目を開けて確かめるとは限らないが、念のためだ。脇の下にボールを挟むのは、手首の脈を止めるため。こっちのほうが重要だからな」

さらに尋ねようとした北登の口を、リュウは塞《ふさ》いだ。いっそう声を低くして、告げる。

「全部ちゃんとできたら花梨に会える」

北登はリュウを見つめた。突き刺すような目をしていた。詩乃の目が優しい春の日差しなら、こいつの目は冬の夜明けの空気だ。その目で何かを狙っている。捕らえ損ねることを赦《ゆる》されない獲物を。

さっきよりも深く、北登は頷いた。リュウが何をしようとしているのかわからないが、どうでもいいことだった。詩乃に会える。また彼女の目を見られる。それだけが重要で、あとのことは本当に関心がなかった。

「この男の顔を覚えろ」

目の前に写真が突き付けられた。知らない男がカメラに笑顔を向けており、笑顔のうしろには、台紙の裏に描かれた地図のようなものが透けていた。

「こいつを見つけるんだ。これからおまえを袋に詰めて車に乗せる。車が停まったら、トランクに仕込んである砂袋をおまえの身代わりに入れてから、外に出ろ。出たら近くに地下鉄の出入り口があるから、そこから駅に入れ。そしてこの男を捜せ」

リュウはそこでいったん言葉を切り、真剣な声色で続けた。

「こいつに会えたらこう言うんだ。『恵里香は始まりの場所に行った。陽子もそこにいる』」

北登は夢中で頷いた。

「それから、もうひとつ」

リュウは北登に指を突きつけた。

「この男はおまえに、『どうしてここにいるのか』訊くだろう。そうしたらおまえはこう答えるんだ。『リュウに殺されそうになって、隙を見て逃げた』。言ってみろ」

「——リュウに殺されそうになって、隙を見て逃げた」

「そうだ。ただし、さっき教えた伝言を、おれからだとは言ってはいけない。それが済んだら、この写真を男に渡せ」

北登はしばらく考えた。言えと命令された言葉と、黙っていろと脅された内容とが噛み合わない。

「言わなきゃいけないのは、『恵里香は始まりの場所に行った。陽子もそこにいる』。どうしてここにいるのかと訊かれたら、『リュウに殺されそうになって、隙を見て逃げた』。内緒にしておかなければいけないのは、おれが伝言を頼んだこと。それ以外の訊かれたことには答えていい。わかったか？」

北登は了承した。何をするのかさえ理解できれば、従うことはできる。

「よし」

リュウは北登のズボンのポケットに写真を挿し込んだ。

「あいつはきっと駅の中にいるはずだ。必ず見つけるんだ」

リュウは北登を放り出し、窓枠の縁を二度、殴った。頭に響く音が轟いた。

「叫べ。大袈裟じゃなくていいから」

言われた通り、北登は悲鳴を上げた。本当に殴られているときの痛みを想像して、太く短い声を絞った。

それが済むとリュウが北登の体を強く押したので、北登は抵抗せずに横に倒れ、目薬をさした。

異変はすぐに起きた。やたらと眩しい。ぎゅっと目を瞑ると、自然にしていろと命令された。球を脇に入れる。リュウが北登の手首に触れ脈を確かめた。

「頭に血糊をつける。車を降りるときに、そのへんのもので拭うんだ。わかったら頷け」

北登は顎を引いた。

頭が濡らされ、足が布のようなもので覆われる。靴を履かされているのだとわかった。リュックに隠しておいたのかもしれないが、少しきつく、踵を押し込まれるときに北登は息を詰めた。

それから、ビニールのようなもので全身をくるまれた。

リュウに担がれて、運ばれていく。

そうされるあいだ、あちこちに足や手がぶつかったが、北登は微動だにしなかった。詩乃に会える。詩乃が生きている。心の中で唱え続けた。

なにやら狭いところに降ろされ、顔の部分を覆っていたビニールが除けられた。咄嗟に、北登は呼吸を止めた。誰かの手が手首を摑んだが、瞼には触れなかった。

溜息と太い声が、少し離れたところから聞こえてきた。

「一撃でやったのか」

聞き覚えのない、低い男の声だった。

「いや、何度か殴った。念のためさ」答えたリュウの声はいつも通りに笑っている。

「……よく笑っていられるな」

「楽しいから。ねえ、これから恵里香と立夏を捕まえに行くんだろ。あいつら一緒に捕まえられたら、今日、三人も始末できるわけじゃん。母さんが言ってた。凍らせてから砕くんだって。おれ、あれ好き」

「おまえは狂ってるよ」

何かが閉まる音がして、横たえられた空間が揺れた。あたりは静かになった。

軽い振動を感じ、移動しているのだとわかった。目を開けたが、まだ何も見えない。

時間が経ち、振動が止んだ。

リュウと男の足音が遠ざかっていく。

北登は目を開けてみた。暗かったが、ものが見えるようになってきた。まだ霞んではいるが、手を伸ばせば届くところにある切れ込みから光が漏れていた。触ってみる。金属の冷たさを感じた。床にも触れた。脇の下に挟んでいた球が落ちたが、気にせずビニールをどかし、撫でると、柔らかい布のような感触がした。リュウに言われたことを思い出し、布で頭を拭いた。なんだかわからないが、まあいい。大事なのはこれから言われたとおりにすれば詩乃に会えるということだ。

腕をトランクの奥へ伸ばすと、手が袋のようなものに当たった。砂袋だと思い、引き寄せて、さっきまで自分が包まれていたビニールに押し込み、包んだ。砂袋は、自分の体重とほぼ同じである気がした。ついでに、頭を拭いた布も突っ込んでおいた。

作業を終えると、頭上を塞いでいるものを押した。切れ込みが大きくなり、光が注いできた。目に痛みを感じる。顔を逸らしたが、とにかく頭上を覆っているものが完全に持ち上がるまで押し続けた。目の痛みは続いたので、なんとかあたりの様子を窺えるぎりぎりまで瞼を細めて、外に出た。

段差があるところだったらしい。体は転げ落ち、背中を打ち付けた。下は灰色の地面だった。

細めた目で窺うと、目の前には車があった。紺色の、箱のような車だった。北登の知識では車種などわからない。車体に光が反射して、目に突き刺さった。

起き上がった。周囲は建物に囲まれていた。道路に沿って、灰色や、白や、銀色の壁と窓が建ち並んでいる。不思議な匂いがした。知っている気がするが、何だったか思い出せない。嗅いでいるとちょっと口の中が乾いてくる。正体について考えたくなったけれど、それは我慢だ。

細めた目を伏せつつ、道路を歩いた。ポケットから写真を取り出す。

さっきよりも目を大きく開いて、それを見た。周囲の光が眩しかったが、写っている男の顔を脳裏に焼き付けることはできた。

北登は何度も瞬きをした。まだ眩しいが、視力は回復しつつあった。

電車のマークがついた青い看板を見つけ、階段を降りた。人は少ないが、時折、通る。ふつうの人が歩いている。すごい。ここはふつうの世界なんだ。緊張で掌が濡れ、顔が熱くなった。

通路を進んだ。

写真の男はなかなか見つからなかった。北登は迷路のような構内をあちこち探し歩いた。

曲がり角を過ぎ、狭い通路に入った。そこで、壁に手をついて体を支えている、小柄な男が目に留まった。

写真と見比べる。男は顔を歪めているが、鼻の位置や額の線は間違いなく、写真の男だ。

北登は深呼吸をし、踏み出した。

頭の中で、リュウから託されたメッセージを繰り返し唱える。これを伝えれば詩乃に会える。きっとすぐに詩乃がどこかから現れてくれるのだ。会えればそれでいい。他のことはどうでも。

写真を握りしめたとき、思い出した。

さっきの匂い。車から落ちたあとで嗅いだ空気に混じっていた、正体がわからない匂い。

あれは潮の匂いだ。海が近くにあったのだ。

4. Something New Gate
（なにかひとつの新しい扉）

痺れと戦う立夏の耳に靴音がこだました。まずい。通行人に通報されたら厄介なことになる。

平静を装うために大きく息を吐き、近づいて来る相手を見た。

黒いスニーカーが、磨かれた床の上で立ち止まっていた。目を上げていく。細い足首にだぶだぶのズボンと、肩に引っかかっているようなTシャツが続き、最後に、白い小さな顔に行き当たった。十二歳くらいの少年だった。日焼けしたことがないような膚と、恐ろしいほど虚ろな、感情が見えない目をしている。

ひとつの直感が立夏を貫いた。

「君は……」

問いかけたのと同時に、少年が大きく息を吸い込んだ。空気が気管を通る音が聞こえたほどだった。

「恵里香は始まりの場所に行った。陽子もそこにいる」

声が通路に反響した。

残響が消えても、立夏は返事をしなかった。少年は目を細めつつ立夏を視線で突き刺している。

「恵里香は始まりの場所に行った。陽子もそこにいる」

今度はさっきよりも抑えた声で、少年は言った。

そして、よろめいた。

立夏があっと思った瞬間、少年はその場に膝をつき、前のめりになって床に両手をついた。その腕も震えている。

思わず手を貸そうとすると、少年はまた口を動かした。

「恵里香は、始まりの、場所に……」

「わかりましたから」咄嗟に言って少年の肩を支えた。

痺れは体の端々にまだ残っていたが、動くのに支障はなくなっていた。うしろを見た。

恵里香が通路の角を曲がってから三分は経過している。この駅の構造を思い浮かべてみれば、もうすでに電車に乗っているか、別の出口から外に出ているかだ。

立夏は少年に向き直った。

「君は、ホクト君ですか」

少年はそっと顔を上げた。驚きとは異なる、奇妙な目つきで立夏を見ている。初めて顕微鏡でアメーバを覗いた子供の、気味の悪さと好奇心がないまぜになった目だ。

「ホクト君？」もういちど立夏は尋ねた。

少年の目が肯定を返した。

「僕は立夏といいます。僕のことを、なぜ知っていたのですか」

ホクトは何かを言いかけて、内側に縮んでいくような喘鳴《ぜんめい》を上げた。

立夏はホクトの顔を覗いた。唇が乾き切って、皮が剝けている。ホクトの肩を摑んだ手には、骨の感触が伝わってきた。

「君……お腹が空いているのではないですか？　とても」

わずかに戸惑う様子を見せたあとで、ホクトは頷いた。

「喉も渇いていますか？」

さっきよりも深く頷いた。

そして体を起こし、踵《かかと》を立てたまま正座するような姿勢を取ると、もういちど立夏を見た。嚙みつくような目をしていた。

「……詩乃は？」

「元気ですよ」

ホクトの頰に赤みがさした。

「生きてるの？」

「もちろん。君を助けてほしいと言われていました」

少年は笑みを浮かべた。おおらかな笑顔だった。乾いた唇が切れて血が滲んだのも気にしていない。

立夏はあたりを見渡した。防犯カメラはないようだが、いつ人が来るかわからない。

「立てますか？」

少年は不安定に体を揺らしながら立ち上がった。立夏が自分の細い腕を支えているのを、不思議そうに見ている。助けてくれる大人がいるなんて信じられないと、かすかな吐息が語っていた。

「あと少しだけ我慢をしてください。歩けますか？」問いかけてから、急いで付け加えた。「頑張ってくれたら、詩乃さんに会わせます」

ホクトは力強く頷いた。

少年を支えながら、立夏は外へ向かった。

「どうして君がここにいるんです」

ホクトは頭を横に振った。

「一人で逃げて来たんですか？」

ホクトは押し黙った。立夏には、何かを思い出そうとしているような様子に見えた。

「……リュウに殺されそうになった。隙を見て、逃げた」

言い終えてから、ホクトは右手を立夏に突き出した。

今まで気づかなかったが、握りしめた右手の中で何かがくしゃくしゃになっている。受け取って広げると、立夏自身の写真だった。裏側には地図が描いてある。

「これを誰から？」

ホクトは返事をしなかった。

「柳は今、どこに？」

駅を出た立夏は、素早く通りを見渡して周囲に柳や正樹の姿がないか確認した。ホクトも警戒している様子だった。詳しい話を聞きたいところだが、今は急がなければ。

頭の中に地図を展開し、なるべく観光客の少ない通りを選んで、桜木町駅の方向に戻った。ホクトは周囲の空気を嗅ぐような動作をした。慣れない土地に来た動物の姿を想起させる動きだ。

車を降りた場所に行く。ワゴン車はまだそこに停まっていた。

「良かった……」

怪訝な目つきで、ホクトが立夏を見上げた。

「大丈夫です。詩乃さんを匿っている人があの車にいますよ」

ホクトの目が輝いた。

「立夏？」近づくと、運転席の窓が開き、タバコをくわえた東尋坊が顔を覗かせた。

「そいつは何だ？　恵里香は？」

「いなくなったんです。すみませんが、手を貸してください。この子、ひどく弱っているようです」

東尋坊は運転席を降りて、後部座席のドアを開けてくれた。ホクトを座らせ、待っているように言うと、立夏は近くの自販機でミネラルウォーターを買って戻った。

東尋坊は開け放ったままの後部座席のドアの傍らに立ち、ホクトにどう接したらいいのか戸惑っているように見えた。タバコを足元で踏みにじっているのは、彼なりの配慮だろう。

ペットボトルのキャップを外して、念のために口をつけて見せてから渡した。ボトルに口をつけたホクトは、天を仰ぐようにして、一気に半分ほどを飲む。若い細胞があげる歓喜の声が、痩せた体から溢れてくるようだった。

「そんなに急いで飲んだら咽《む》せますよ」

言ったそばからホクトは咳き込んだ。立夏が背中をさすってやろうとすると、手負いの獣ように体を縮めた。

「……ホクト君」腕を引き、立夏は、できるだけ優しい声を出した。

ホクトは警戒しながら、さっきよりもゆっくりした動作で水を飲んだ。

「ホクトって、どんな字を書くんですか」

さすがにそこまでは覚えていないかもしれないと思ったが、意外にもホクトはあっさりと言った。

「北に登る」

「いい名前ですね。とても強そうです」

「……強くないよ」

立夏は思わず呼吸を止めた。北登は、自分が今にも泣きそうな声を出したとは思っていないようだ。立夏は微笑んで誤魔化した。

「東尋坊さん」

「うん？」

「車を出してもらえますか。もしかしたら柳と正樹さんが見張っているかもしれないので、できるだけ駅から離れた道を通ってください」

東尋坊が車を動かすのを待って、立夏は北登に尋ねた。

「君がさっき言ったことを、もういちど教えてください」

「恵里香は始まりの場所にいる。陽子もいる」一言一句おなじではないことが、北登の心がほぐれてきた証拠だと思った。

「始まりの場所？」運転席から東尋坊が訊いてきた。

立夏は地図が描かれている写真を差し出した。

東尋坊は一瞥して、それが何を意味しているものなのか悟ったらしい。

「恵里香にとっての、始まりの場所か」

「恵里香が茉菜ちゃんと一緒に閉じ込められていた場所ですか？」

「だろうな。この写真どうした？」

「北登君が持っていたんです」

北登に向き直ったが、北登は口を閉じた。決して開くものかと言うように、唇の色が変わるほど力をこめている。

その様子を見た東尋坊は、諦めるように目を逸らした。

立夏は写真を胸ポケットに挿そうとして、そこに恵里香が何かを入れていったことを思い出した。

探ると、頼りない感触が指に触れた。引き上げてみる。

スーパーのチラシを破いて作った紙きれだった。四つ折りにされた紙の、赤色で印刷された販売品目の裏側に、ボールペンの文字が並んでいる。

立夏は急いでチラシを広げた。

立夏へ
あなたがお風呂に入っているあいだにこれを書いています。

巻き込んでしまってほんとうにごめんなさい。

あなたの人生に傷をつけてしまって、あやまるための言葉さえ探せません。

私と出会わなければ、私たちに目をつけられなければ、あなたはこんな目にあわないで済んだ。

あなたにはいくら恨まれても足りないと思う。ぶたれると思ったし、何ならあなたに殺されても仕方ないと思っていました。だけどあなたはさっき、私からあんな話を聞いたあと、私のために怒ってくれた。目に涙さえ浮かべて。いつものていねいな話し方を忘れて。

どんなに嬉しかったか、言葉が見つからないほどです。

こんなに汚れていて、ずるくて、悪いことをした私のために、あなたが感情を荒げてくれたことが、信じられないくらいに嬉しかった。ありがとう。

あなたは私のことが好きなんですよね。

だったらひとつだけ、最後のお願いを聞いてください。

私を忘れてください。それができなければ、私を嫌いになってください。

これを言うのは二度目だけど、こんどこそ聞いてください。

そして誰か他の人、あなたにふさわしい人と出会って、幸せになって、私とのことは悪い夢だったと思ってほしい。どうかお願いします。

あなたはすぐにけい察（けいの字忘れちゃった）に行って、妻が昨夜から帰らないと話してください。それ以外のことは言わなくて大丈夫です。書こうかどうか迷ったんだけど、ちゃんと書いておきます。

あなたが私の話を聞いたあと、私に『どうして逃げなかったんだ』と言わなかったのは、あなたにも私の気持ちがわかっていたからだと思います。

あなたは、お母さんに冷たくされて育ったんですよね。夜、一人で台所へ降りて、お母さんが帰って来るのを待っていた小さなあなたは、今でもあなたのなかにいる。あなたのお母さんがあなたにしたことがひどいことだと、間違っていたことだと、大人になったあなたはわかったと思います。じゃああなたがお母さんを憎めるかというと、たぶん、無理。

いいえ。憎い気持ちはあるでしょう。

でもその隣には、叫びたい気持ちもある。

僕を愛して。僕を抱きしめて。僕を認めて。笑っていて、お母さん、幸せでいて……。

心が育っていく過程で愛情に飢えてしまった私たちは、愛を求めた相手を完全に憎むことが難しい。あなたはそれがわかっているから、逃げたり、大きくなってからも抵抗しなかった私を責めなかった。それがまた、私には嬉しくて、ありがたくて。この人の妻だった時間が人生のすべてになってもいいと思ったのでした。

私は『家族』と刺し違えるつもりです。陽子さんと、それから、柳を殺す。私が助かる可能性はとてつもなく低いと思います。だって私は、生き延びたいと思っていないから。

もっと安全に、この状況から逃げられる方法はあるんだと思います。

でも私は、それを選びません。

私の心を自由にするには、あなたへの罪をつぐなうためには、この方法しかないんです。

そして、茉菜と正樹さんだけは守りたい。あの二人のために、陽子さんを残してはいけないし、柳は単純に存在が危険だから。

結婚指輪をあなたに返そうかとも思いました。でも、この指輪は連れていきます。

あなたは私がいない日常の、あなたが生きるべき世界に帰ってください。

ありがとう

読み終えた手紙の、ある二ヵ所に、立夏の視線は集中した。《危険だから。》の先と、《ありがとう》の前が、真黒な線で塗り潰されている。ひどく力をこめたのだろう。そこだけ紙がくぼんでいた。

立夏は明るい窓に手紙を翳《かざ》した。

《危険だから。》の下の黒い線に、かろうじて文字が浮かび上がって見えた。

——もし茉菜があなたを頼ることがあったら、できれば手を貸してあげて。

この願いを消した恵里香の心を思うと、胸が痛んだ。治りかけた傷口を指で押すような、歯がゆい痛みだった。

滲んだ涙を指先で追い払い、もうひとつの黒塗りの下を覗いた。

こちらのほうが、いくらか弱い力で塗り潰されていたようだ。紙のくぼみ方が浅い。

——大好きです。

立夏は手紙を折りたたんだ。

涙が引いていき、心の中は熱く滾《たぎ》っている。妙な話だが、笑いたい気分だった。

「どうした？」

立夏は東尋坊に恵里香からの手紙を渡した。

信号で止まるのを待って、東尋坊はチラシの裏に綴られている文字を読んだ。北登は黙ったまま、ペットボトルを抱えている。

「……どうするつもりだ？」

返された手紙を、立夏は元の通りに折り畳んだ。

「追いかけます」

「あの子の願いじゃない」

「願われたからといって、聞くとは限りません」

「結婚の誓いか。病めるときも、健やかなるときも？」

「いいえ。僕の我儘です」

バックミラーに東尋坊の表情が映った。彼は微笑んでいた。目尻に深い皺ができ、東尋坊の年齢を一気に上げた。

「俺たちも一緒に行く」

「……でも」

「人数はいたほうがいいだろう。それにあんた一人で乗り込んで何ができるんだ」

黙った立夏に、東尋坊は鼻を鳴らした。

「俺も風花もあの子に助けてもらった。恩返しがしたい。あんたが断ったって、勝手についていて行くからな。俺の我儘だ」

「ありがとうございます」

「《やまなみ》に戻ったら、武器になりそうなものを持って行こう。俺の昔の商売道具がいくつか残ってる」

立夏は少しだけ考えた。

「……すみませんけど、馬車道に戻ってもらえますか。ひとつだけ、やっておきたいことがあるんです」

＊

溝口亮馬は目を開いた。

もう昼近い時間帯なのではないだろうか。子供の頃から見続けた天井の木目が、今日も頭上にある。

身動きすると、軽い頭痛がした。寝すぎたのではない。どちらかというと、寝不足なのだ。

昨夜は日付が変わる頃になって、父親に伝票整理を言いつけられた。今すぐにやらなくても良い仕事なのに、だ。反抗すると怒鳴られた。亮馬が黙ると、父親は「とにかくやっておけ」とだけ言って、自分はさっさと布団に潜った。

枕のうえで亮馬は顔を覆った。

何度、こんな気分を味わったことだろう。父親はもう年寄りだ。六十を過ぎているのだから、三十手前の亮馬のほうが強い。腕力では楽勝だ。わかっているのに、逆らえない。膂力《りよりよく》がいくら強くても、亮馬の心はあの男の圧力に屈したままだ。

溜息と共に体を起こし、ベッドを降りた。

『オルゴールの世界』と書かれた本の背表紙が目に入ったところで、菅沢立夏を思い出した。

年下なのに、亮馬よりも人生の航路を先に進んでいる。おなじ軌跡をたどれば俺も自由になれるだろうか、などと考えて、真剣に婚活を検討したほどだ。といっても、馬鹿馬鹿しくなって思いとどまったが。

昨日とおなじシャツに袖を通して、亮馬は再び吐息をついた。

二年前の恋人のことをどうしても思い出してしまう。

その頃、亮馬は近所のコンビニでアルバイトしていた娘と付き合った。亮馬にとっては人生の大事件だった。彼女は東京出身で、二人で都内に移って暮らそうか、と考えたこともある。父からもらえる給料は自立できる金額ではない。新しい仕事を見つけるのだ。

自分を信じてくれる誰かがいることは心の支えになり、自信もついた。家を離れる第一のステップとして、彼女を父に紹介した。

それがいけなかった。

初対面にも拘わらず、父は彼女にありとあらゆる暴言を投げつけた。容姿を貶《おとし》める言葉はもちろん、思い出すのもおぞましい性的な揶揄、さらには、亮馬が高校生の頃に同級生を妊娠させた、という過去を捏造《ねつぞう》した。彼女は怯えて立ち去ってしまい、それきりだ。

もちろんアルバイト先も辞めてしまった。

さすがの亮馬も怒った。なにすんだよオヤジ！　と叫んで殴りかかった。振り上げた拳は、父の平手打ちで力を失ってしまった。強い力だったわけではない。亮馬をぶつ父の寂し気な目に負けたのだ。

もしもあのとき、亮馬の恋人に罵詈《ばり》雑言《ぞうごん》を投げつけた父を怒鳴ることができていれば、今ここにこうしてはいなかっただろうか。あるいは彼女を追いかけて、おまえのためにオヤジを捨てる、と宣言していれば。

何度も想像した『もしも』だ。

想像の中では、父に怒鳴り返すことも、愛した女を抱きしめることもできる。

だが現実では彼女は去り、亮馬は今も父と暮らしている。

父は自分にとって、世間一般に言うところの毒親なのかもしれない。しかし、そのテの本を何冊か読んでみたが、書かれていることは上辺だけをなぞっているようで、亮馬の心を動かしはしなかった。なにより亮馬は、書店に並んでいる山のような毒親本を眺めて、自分の悩みはこんなにもありきたりなのか、と虚しくなった。

気分が沈むのを感じて、亮馬は考えを止めた。

そろそろ仕事に行こうと思ったとき、充電していたスマートフォンが鳴った。着信を見ると公衆電話からである。不審に思いながらも出た。

『溝口さんですか？』菅沢立夏だ。

亮馬は飛び上がった。

『おはようございます。突然すみません。今、お電話大丈夫ですか？』

「あ、うん。大丈夫だけど。なんで公衆？」

『ちょっとスマホが使えない状態でして。お願いしたいことがあるのですが、いいですか？』

「もちろん」友達からの頼み事に、亮馬の心は弾んだ。

『ありがとうございます。仕事場の鍵がロビーのポストに入っているんですけど、それを取って僕の仕事場に入ってくれませんか？』

「……ん？」

『ポストにはダイヤル式の錠がついています。開錠するには、１７１３と数字を揃えてください』

「待て、俺があんたの仕事場に入る？」

『はい』

「あんた、どこにいるの？」

束の間の沈黙が落ちた。背後から、風の音が聞こえてくる。

『それは言えないんです。僕の代わりに、取って来てもらいたいものがあって』

「わかった。メモする」

部屋を見回し、適当な紙とペンを取った。

「鍵の番号は17……なんだっけ？」

『１７１３です。鍵を取ったら部屋に入って、右側の棚の下を見てください。細かい部品と工具を入れてあるボール箱があるので、それを箱ごと持って来てくれませんか』

亮馬にペンを走らせる時間を与えてから、立夏は続けた。

『それから、左側の棚の上から二段目の奥にある青い色の箱も。待ち合わせ場所は、そうですね……元町にある、外国人墓地ではいかがでしょう。ちょっと遠いですが……』

亮馬は首を捻った。元町は立夏の仕事場がある馬車道から二駅ほどの距離だが、用事もないので行ったことはない。外国人墓地も、名前だけしか知らない。

「いいよ」

『助かります。ただ、ひとつだけ。もし仕事場の近くで不審な男——男たち、かもしれません。とにかくおかしな人物を見かけたら、注意をしてください。その人物があなたを気にするようでしたら部屋には入らないで、僕の頼み事は無視して、帰ってください』

「……了解」

こみあげてくる好奇心を押し戻し、亮馬は通話を切った。

部屋を出る。溝口家は平屋で、その一部が店になっているが、亮馬は店と反対の裏口に向かった。居間の横を通るとき、障子の隙間から父の罵声が飛んできた。

「こんな時間まで寝てやがって、おまえは——」

最後まで聞かなかった。恐らく父は驚いたことだろう。いつもの亮馬なら、腹が立つとわかっていても足を止めてしまう。

そのまま家を出て、バイクに飛び乗った。

スピードを上げ、罪悪感からも、父親に抵抗できた充足感からも逃げた。

一時間と経たずに立夏の仕事場に着いたが、注意するように言われた『不審な男たち』の姿は見当たらなかった。ビルの出入り口から少し離れたところにバイクを停めて、ロビーに踏み込む。並んでいる郵便受けの中から立夏の仕事場の部屋番号を見つけ、下がっているダイヤル式の錠をつまんだ。縦に長い鍵の窓にメモした数字を合わせると、錠はあっさり開き、亮馬は郵便受けを開けた。折り重なったチラシと封書の下に、仕事場の鍵があった。

元のように錠を掛けて、階段を登る。

四階に着くまでのあいだ、誰とも擦れ違わなかった。このビルに来るのが何度目かは忘れたが、宅配便の配達人以外の人と会ったことがない気がする。

周囲を気にしつつ、仕事場の鍵を開けた。

ボール箱はすぐに見つかった。小脇に抱えられる大きさで、蓋がついている。部品と工具が入っているだけあって、ずっしりと重かった。左の棚も見た。二段目の奥のほうに、平たく小さな箱があり、摑んで引き出した。青いベルベットの箱だ。見るからに高価なものが入っていそうで、触れる手が緊張した。

二つの箱を大事に抱えて、亮馬は仕事場の鍵を元通り郵便受けに戻し、バイクに跨った。二つの箱は車体後部のリアケースに収めた。

念のために周囲を警戒したが、不審な人物など見当たらない。

そのまま外国人墓地に向かう。

海沿いの道を走り、坂道を登って右へ折れる。

石造りの堅牢な門が見えたが、立夏の姿はどこにもない。

門の前でバイクを停め、箱を抱えて敷地内に入った。外国人墓地は休日なら開放されているが、平日の今日は門のうしろにある資料館までしか入れない。

「溝口さん」

踏み込んだところで声をかけられた。

顔を向けると、資料館の横の木陰から立夏が顔を覗かせている。立ち入り禁止の鎖の向こう側だったので、亮馬は慌てた。

「何やってるんだ？」

声をひそめると、立夏は鎖を越えて近づいてきた。

「すみません。お手間を取らせました」

丁寧に一礼する。

亮馬は自然と口元がほころぶのを感じた。トラブルに巻き込まれているのかと心配していたが、立夏の様子は普段と変わらない。

「いいよ。友達だろ」

「そうですね」立夏も笑顔になった。「詳しくは話せないんですけど、実は、ちょっと揉め事がありまして」

「奥さんのことで？」

立夏は真顔になった。

「……どうしてわかるんです？」

「あんたがこんな珍しいことをするのは、奥さん絡みだろうなと思って」

「実は、そうなんです」

立夏が恥ずかしそうに笑ったので、亮馬もつられた。

「なんだか知らないけど、まあ、頑張れよ」

抱えていた箱を二つとも差し出した。

「ありがとうございます。助かります」

受け取った立夏は、ボール箱のほうだけを抱えて、青い箱を亮馬に差し出した。

「これは差し上げます」

「なんで？」

「今回のお礼です」

「礼をもらうほどのことしてないけど……」

「もともと、あなたに渡そうと思っていたものです。お節介かもしれないと思って、遠慮していたのですが」

「遠慮って……」

そう言われると受け取らないわけにはいかない。亮馬は青い箱を引き取った。

「じゃあ、もらっとく。ありがとな」

「こちらこそ」

立夏は一礼したが、すぐに頭を上げた。

「溝口さん」

改まった口振りだった。

「何……？」

立夏はいつになく真剣な面持ちで亮馬を見つめていた。

「あなたはお母様が家を出て行くとき、一緒に行かなかったとおっしゃいましたね。それがお父様のためだった、と。今も自分が支えなければならないと思っているでしょう。でもそれを、いつまで続けるつもりですか?」

立夏に覗き込まれて、亮馬は息が詰まった。立夏の目には得体の知れない深みがあり、見つめていると引き込まれそうになる。

「どんなに怖がっても、いつか幸せに捕まりますよ」

亮馬が黙っていると、立夏は表情を曇らせた。

「すみません、差し出がましいことを言いました。僕はどうにも理屈っぽくてだめですね」

「いや……」

「そういえば、仕事場の近くで不審な男は見ませんでしたか?」

「え? あ、見なかったよ。てか、不審な男ってなんだ? なんで奥さんのことで、不審な男——」

自分の口から出た言葉が夫婦間の亀裂を想像させて、亮馬は思わず黙った。

亮馬の表情から何かを察したのだろう。立夏は少し慌てた様子で、

「そうじゃないんです。実は、妻の親族から逃げてるんです」

と付け加えた。

「なんだ、そうか。いや、どういうこと？」

立夏はほがらかに笑った。

「すみません、いろいろと複雑で。でも、たいしたことじゃないんです」

反応に困った。

立夏の言い方はふざけているようでもあるが、丁寧な言い方なので真意が見えない。どちらにせよ、立ち入る話ではないと思った。

「じゃあ……頑張って」この言葉でいいのかなと思いながら呟いた。

「ええ。それでは、また。本当にありがとうございました」

「うん。あ、こっちこそ」

立夏ははにかんだ笑みを浮かべて鎖を乗り越え、立ち入り禁止のはずの墓地の奥へ歩いて行った。大丈夫なのかと心配になったが、立夏は振り返らずに木立の隙間に消えて行った。

亮馬は改めて、立夏という男がわからなくなった。わからないが、同時に強く惹かれもした。似たような環境を生きてきたはずなのに、立夏が味わったり、見つめたりしたものは、亮馬とは比べ物にならないほど深いのではないだろうか。そのうえ立夏は、自分の知識や経験が、亮馬の劣等感を刺激しないように気を遣ってさえいる。そんな男に友人と呼ばれる嬉しさを、亮馬は嚙みしめた。

亮馬はベルベットの箱を撫でた。この場で中身を見ようかと思ったけれど、やめた。友達からのせっかくの贈り物だ。もう少し落ち着ける場所で開けよう。

*

外国人墓地の柵を乗り越え、立夏は待っていてくれた東尋坊の車に戻った。北登は相変わらず人形のように小さくなって座席に沈んでいた。

「ごめんなさい、待たせてしまって」

北登に言ったのだが、答えたのは東尋坊だった。

「車出すぞ」

細い道を急発進した拍子に、立夏は後部座席の背もたれに肩をぶつけてしまった。

元町の景色が遠ざかって行った頃、東尋坊は尋ねてきた。

「何してたんだ？　柳たちがまだこの辺にいるかもしれないってときに」

「すみません。これを取って来たかったんです」

亮馬から受け取ったボール箱を膝の上に置いた。東尋坊が一瞥する。

「なんだ、それ」

「機械の部品と工具です。ハンドモーターも入ってます。東尋坊さんの武器の修理に使えると思って」

東尋坊はハンドルを握ったまま ちらちらと箱を窺った。

「工具くらい、俺の手元にもあるぜ」

「そうでしたか。すみません……何か役に立ちたくて」

「それだけのために、ダチを仕事場まで行かせたのか？」

「いいえ。彼に渡したいものがあったんです」

東尋坊はバックミラー越しに尋ねる視線を寄越した。

「ヨーロッパの記念硬貨です。まえに廃業した同業者の備品を倉庫ごと買い取ったとき、荷物に紛れていたものです。売ればそれなりの値段になります。彼にはお金が必要なので」

「どうして、それを今、渡したんだ？」

立夏はそっと言った。

「……わかるでしょう」

東尋坊は目を背けた。

その仕草で、立夏は彼が察してくれたのだとわかった。

恵里香を追いかけて行くと決めたものの、相手は人を殺すことをなんとも思わない連中である。亮馬にしてやれることがあったとしても、その機会はもうないかもしれないのだ。

言葉のうしろで意志疎通を図る大人二人を、北登が見つめていた。視線に気づいた立夏が微笑むと、北登は息を呑んで目を逸らした。

《やまなみ》の玄関前に車を停め、東尋坊が言った。

「詩乃はここにいる」

それまでおとなしかったのが嘘のように、北登はすぐさま車を飛び降りようとした。ドアを開けるのに手間取っているので、立夏が開けてやる。地面に足をついたとたん、よろけたので、支えてやろうと腕を伸ばしたが、北登はすり抜けて行った。

立夏がボール箱を小脇に抱えて車を降りたときには、北登は飛びつくように引き戸を開けていた。追いつくと、音に驚いた様子で、廊下の奥から風花が現れた。

北登が聞き取りにくい叫びをあげると、玄関脇のドアが開いて、詩乃が顔を覗かせた。

飼い主に飛びつく子犬のように詩乃に突撃する北登を、立夏は玄関に立ったまま見つめていた。詩乃が北登の名前を繰り返すと、北登の体は小刻みに震えだした。泣いているようだった。その背中や頭を、詩乃の手がゆっくりと撫でている。

二人の様子は本物の姉弟のようであり、同時に、こんなふうにお互いを支えにさせて支配するやりかたに、立夏は腹の底が焼け焦げるようだった。

「ありがとう」詩乃は涙で一杯の目を、立夏と、そのうしろから入って来た東尋坊に向けた。「どうやってこの子を助けたの。恵里香さんは……？」

「事情が複雑でな」

立夏を押しのけて、東尋坊は廊下に上がった。

風花の耳元で何事かを囁き、頷いた風花と共に奥へ向かった。

立夏は玄関扉がぴたりと閉まっていることを確かめて、詩乃に言った。

「今は詳しいことを話していられないんです。でもあなたたちのことは、安心していていいと思います」

「恵里香さんはどこですか？」詩乃がもういちど訊いてきた。

立夏は黙礼し、東尋坊たちのあとを追った。

食堂を覗くと、東尋坊がテーブルを壁際に寄せているところだった。風花はテーブルの上にあった塩とコショウの小瓶や花瓶を抱えて、台所のほうへ移動している。

「何をしているんです……？」

「テーブルを動かしてる。あんた、こっち来て手伝えよ」

立夏はボール箱を床に置き、テーブルの端を掴んだが、そうじゃなくてイスを持って来い、と乱暴に命令された。木製のイスをひとつひとつ運んでいると、今度は台所から戻って来た風花に声をかけられた。

「立夏さん、ちょっとお願い」

風花は床を指した。

「ここを持ち上げるの」

よく見ると、ボール箱を置いた横の床板の継ぎ目に、小さな窪みがある。指を掛けるのがやっとの窪みだが、取っ手のようにも見えた。

窪みに人差し指を挿し入れたところで、立夏は昨夜の話を思い出した。風花に《やまなみ》を遺したオーナーは、どこに埋まっていると言ったろうか。

「大丈夫よ。埋めたのは庭の地面の中。この下は、ただの貯蔵庫」

「……安心しました」

この答えでいいのかわからなかったが、他に言いようがない。

立夏は指に力をこめて床板を持ち上げ、開いた隙間に両手を挿し入れた。床板は存外に厚く、長いこと開けていなかったのか、悲鳴のような音をたてた。

床下は風花の言った通り、底の浅い貯蔵庫になっていた。日持ちのする缶詰や乾麺を入れておけるようだ。しかしこういうものは本来、台所の床下にあるべきだろう。

現に覗き込んだ貯蔵庫に入っていたのは、茶色い紙袋がひとつだけだった。

取っていいのか視線で尋ねてから、立夏は片手で紙袋を持ち上げた。ずっしりと重く、袋の中で何かが擦れ合う音がした。

袋を床の上に置き、床板を元通りにする。

「わたし、詩乃ちゃんたちの様子を見て来る」

移動しかけた風花に、立夏は素早く声をかけた。

「あの子、北登君。お腹が空いているようです。できれば、何か食べさせてあげたほうがいいかもしれません」

風花はちょっとのあいだ考え、台所に引き返した。

東尋坊が床に置いた袋の脇に屈んだ。

「ときどきは出して、手入れしてたんだが」

袋の口を開け、腕を突っ込む。戻って来た手が握っていたのは、さらに小さな封筒だった。逆さに振ると、小さなボールペンが落ちてきた。

「スタンガン。こいつは、たくさん拵《こしら》えた。だがもう残ってるのはこれだけだ」東尋坊の声は重かった。

「恵里香が持っていたのと同じものですか」

「ほとんど陽子たちに渡したから、多分そうだろう。うまく作動するかはわからないが、試し撃ちをするのももったいない」

台所から、電子レンジが稼働するブーンという音が聞こえてきた。風花が何かを温めているようだ。

東尋坊は紙袋の中身を床に並べ始めた。捩じるように丸めた藁半紙や、口を絞って閉じてある小ぶりな袋だ。立夏は正座して、それらを眺めていた。

「開けてみてもいいぞ」

「……いいんですか」

「下手にいじらなければな」

立夏は紙袋に手を伸ばした。絞った口を開けると、黒々とした拳銃が入っていた。銃身は大きく、ずっしりと重い。昔の西部劇に出てくるような、古さを感じさせる姿だった。

「よくできてますね」

掌に馴染む重さに感心しながら言うと、東尋坊が噴き出した。

「本物だよ」

「え」立夏は拳銃を握ったまま身じろぎをした。

二人のやりとりに耳を傾けていたのだろう。台所で、風花がクスリと笑う声が聞こえた。

「本物……？」

「あたりまえだ」東尋坊は拳銃を取り上げ、円筒形の弾倉を指した。「コルト・ドラグーン。十九世紀の銃だぜ。といっても、一部の部品は後世に作られたレプリカだがな」

このあたりがそうだ、と言いながら、東尋坊は銃身の下についている長細いレバーを爪で叩いた。ローディング・レバーといって、弾をこめるときに使うのだと、東尋坊は解説した。

「撃てるんですか」

「ああ」

銃を脇に置き、東尋坊は藁半紙をほどいた。パチンコ玉ほどの大きさの鈍色の弾と、ピルケースのような金属製の容器、それに、金色の粒が入っていた。

「こいつはドラグーンに詰める弾と火薬、キャップ。今の銃はみんなカートリッジの弾丸を詰めるが、ドラグーンは火薬と鉛玉を別々に詰めなきゃならなかった」

立夏はもうひとつの包みを東尋坊の足元に置いた。

「これは……？」

東尋坊は包みを解いた。

現れたものも銃だったが、一般的なピストルとは形状が異なっていた。全体的にずんぐりとしていて、銃身が太く、銃口には握り拳より少し小さな、丸いものが詰め込まれている。

東尋坊は全体を撫で、目を近づけて観察した。

「こいつは、カンプ――」東尋坊は顔を撫で、苦笑した。「なんていったっけな……」

「擲弾発射器《てきだんはっしゃき》」

呟いた立夏を、東尋坊は鋭い目で睨んだ。

立夏は台所との境目からこちらを覗いている風花を一瞥し、少し声を大きくした。

「カンプ・ピストル、じゃないでしょうか。八十年くらい前に作られた銃です。ええっと……信号銃という、合図のために使う筒口の大きな銃があるんですが、ドイツ軍がこれを改造して、擲弾を発射できるようにしたんです。擲弾と聞いてもぴんとこないかもしれませんが、榴弾《りゅうだん》という言い方ならわかるんじゃないでしょうか。手榴弾ってあるでしょう。あれです」

「よく知ってるわね」

風花が感嘆と疑問の混じった声を出した。

「僕のところに持ち込まれたことがあるんです。依頼人は珍しいおもちゃだと思っていたらしいですけど、本物でした。火薬は抜かれていたんですけど、あのときは役所に連絡したりして大変でしたよ。そのときに調べたので、多少の知識があるんです」

「じゃあそれ、手榴弾を発射できる銃なの？」

「そういうことです」

東尋坊が呻くように言った。

「思い出してきた。カンプフ・ピストーレ、英語でカンプ・ピストル。戦争中に弾が切れた兵士が、やけくそで信号銃に手榴弾を詰めて敵に発砲したのがきっかけで生まれた武器。だがこいつは、本物を真似して作ったもんだろう。新しいし、継ぎ目に粗がある」

「使えますか」

「大丈夫だろう」東尋坊はカンプ・ピストルを丁寧に眺め、他の武器の隣に並べた。

東尋坊は重い溜息をついた。

「……俺も歳を取ったな。今、こいつらを持ったらとても重く感じた」

「僕にも重いです」

「具体的な重量の話じゃない。人を殺せる武器だという事実が、心にのしかかると言っているんだ」

東尋坊は立夏のボール箱の中身も漁ったが、役に立つものはないと一蹴した。

使える武器は、ボールペン型のスタンガンと本物の拳銃。そして異形の銃器、カンプ・ピストル。

不思議なほど、立夏の胸は静かだった。

「……大丈夫か?」

東尋坊が囁いた。

立夏は武器たちに視線を置いたまま、返した。

「恵里香はずっと戦っていたんです。僕はそばにいながら、それがわからなかった。これでやっと、僕も彼女とおなじ場所に立てます」

ふくよかな匂いが漂ってきた。

「出陣前に、おにぎりくらい食べられるでしょ。どうぞ」

海苔を巻いたおにぎりが二つ並んだ皿を、風花は立夏たちの手元に置いた。

見上げると、風花が片手で支えているお盆には、つやつやしたおにぎりが四つと、湯気を立てている湯飲みが二つ載っている。

「北登君たちのところにこれを置いて来るから、それまでに食べちゃって。そしたら出発しましょう」

おにぎりに伸ばしかけていた東尋坊の手が止まった。

風花はそんな彼を見下ろして、平然と言い放った。

「行くわよ。当然でしょう。わたしもあの子に助けられたんだから」

＊

誰かと心を分かち合える充足を味わってしまったあとの孤独は、想像していたよりも深かった。恵里香は口の中を舐めて、日中の都心を走る電車の車内を一瞥した。さっきからずっと、涙の味がするのだ。実際に泣いているわけではないのに、舌は塩辛く、心は生温い水を詰めたように揺れている。

車内は混雑してはいないが、座席はすべて塞がっている。ドア付近にもぽつぽつと人が立っていた。

窓から射しこむ光に照らされて、さまざまな人が電車の揺れに身を任せていた。明るい色の服を着た若者、スーツ姿の社会人、買い物袋を提げたお年寄り、ベビーカーに寄り添う女性……。

日常の風景の中に一人でいると疎外感に苛《さいな》まれる。

街で笑っている大勢の若者、あるいは、難しい顔で急ぐ大人たちは、恵里香とは人生そのものが違う。皆、個性はあり、それぞれの不幸を背負ってもいるけれど、学校に行って就職し、似通った道を歩む誰かと一緒に進んできたのだろう。恵里香の人生には道そのものがない。そばにいる家族は、茉菜を除き、ほんの少しのきっかけで敵に変わる存在だった。

その点、立夏は人生ではじめて出会った、敵味方に分類できない人間だった。

立夏にとって恵里香は、彼を欺いているという点からみれば敵になるはずだ。だが恵里香のほうは立夏から幸せをもらい、同時に罪の意識を噛みしめてきた。そして立夏も、恵里香の嘘によって幸せを感じていた。この関係をどう呼べばいいのだろう。

毒と幸せを混ぜてしまった愛情は、始まったときから終わりが見えていた。

ボールペン型のスタンガンは、立夏の首筋に押し当てたときに壊れてしまった。恵里香が強く握りすぎたせいだったかもしれない。駅のゴミ箱に放り棄てるとき、軸に入っているヒビに気づいた。

横浜で手に入れたスマートフォンは、電源を切ってポケットに入れてある。

立夏を置き去りにしたあと、追跡を警戒した恵里香は馬車道駅から横浜駅まで地下鉄で移動し、そこからJRに乗り換えて都内に入った。横浜駅は《薄荷》が近いとはいえ、構内は複雑で人通りも多く、いつもなら辟易するそれらの特徴が、今回ばかりはありがたかった。都内でも複数の路線を乗り継ぎして池袋《いけぶくろ》駅で降り、地下鉄構内の比較的静かな場所でスマートフォンの電源を入れた。

アドレス帳に登録されている唯一の番号に掛けてみる。

呼び出し音はすぐに途切れたが、出た相手は何も言わなかった。

「――陽子さんでしょう？」

問いかける瞬間、暗がりで物音を聞いたときのように体が震えた。陽子に向かって、お母さんと呼び掛けないのは初めてかもしれない。

相手は沈黙したままだった。

恵里香は絞り出した力を声に乗せて、続けた。

「私は鍵を持ってる。何の鍵かはわかるよね。びっくりした？　盗んだのよ。茉菜にも言ってない」

電波の向こうで陽子が息を呑んだのがわかった。

その反応で恵里香は、茉菜たちが計画の全容を語らず、スマートフォンを持っていた件もうまく誤魔化していたのだと悟った。

恵里香は話を続けた。

「この鍵を使って、金庫からＳＤカードを盗んで、あなたと交渉しようとしてた。立夏は一緒にいる。全部話した」

『恵里香』

全身がぞくりとした。足元に火がついたようだ。陽子の声を聞いた途端、恵里香の体は縮んでいき、虐待を受けていた頃の自分に戻ってしまった。

恵里香は目を閉じ、気づかれないように深呼吸をした。今の私は大人で、守りたい夫もいる。心の中で唱えて、幼い自分を追いやった。

『あんた、何をしたいの』

「自由になりたい」声が震えてしまったが、ためらうことなく続けた。「私と立夏に二度と関わらないと約束してくれるなら、鍵は返すし、警察に行ったりはしない」

『その約束を、わたしがどうして信じられるというの』

恵里香は固く手を握った。掌は汗ばんで、指先が濡れていた。

「……鍵を直接、あなたのところへ持って行く。それならどう？」

長い沈黙があった。

恵里香は耳を澄まして、陽子の答えを待った。

『いいわ』

安堵を悟られないよう、恵里香はこみあげてきた吐息を呑み込んだ。

「じゃあ、今から向かう」

『本当のおうちのほうに来なさいね』

汗ばむ拳が震えた。ハーブショップの二階ではなく、監禁され、その後も精神的な痛苦を与えられ続けた建物を言っている。もっとも、そちらを指定されることは予測していた。

「……一時間後に」

恵里香の答えが終わらないうちに、通話は切れた。

『本当のおうち』は、池袋からＪＲで二十分ほど行った駅の近くにあるビルだ。

恵里香は気持ちが整うのを待ってホームへ向かった。移動するのにさえ金がかかる。久しぶりに現金で切符を買いながら、恵里香は改めて二万円を渡してくれた東尋坊に感謝した。

車両に乗り込むと、さまざまなことを考えた。

正樹がこちらの味方であることは、まだ見破られていないだろう。だとしても、これから陽子と会うとき、彼がそばにいてくれるとは限らない。茉菜は恵里香の弱点だ。話し合いの場に同席させるだろうし、その際には、正樹か柳のどちらかが茉菜を脅す役割としてそばにつくと思われる。

それが正樹であればと、恵里香は祈った。

それなら茉菜に危険はない。問題は柳だった場合だ。なんとか隙を突いて陽子に致命傷を負わせなければならない。

華やかな笑い声が聞こえて、恵里香は考え事をやめた。

見るとおなじ車両に、十歳くらいの少女と少し年下の女の子、その両親らしい大人が一塊になっている。四人はドアの横にいるのだが、斜め向かいの座席が二席空いている。両親は子供たちを座らせようとしているらしいが、少女たちは可愛らしく体を捻りながら、ママたちと一緒じゃなきゃやだ、と笑っている。

恵里香の口元が自然と引き締まった。

あの子たちの両親への愛情には一点の濁りもないのだろう。叱られたり怒られたりするときに、怒りや憎しみを感じることはあっても、それらは清い奔流に落ちた一粒の泥のように押し流されてしまう。私たちは逆だ。泥の中に時折混じる真水を飲みたい一心で、泥ごと口にしてしまった。今では澄んだ水までもが、泥の味を思い出させて恐ろしい。恵里香は、そんな必要はないと理解しつつも、擦れ違っていくだけの幼い姉妹の幸福を願った。

親子連れから目を背けて、ふたたび考えた。

陽子を殺しおおせたとして、そのあと自分は生き延びられるだろうか。幸運が重なって、正樹と茉菜と一緒に逃げられたとしたら、それから先はどうするだろう。馬車道駅で立夏から離れたとき、恵里香は二度と彼に会えない覚悟をした。でももし、生き延びることができたら、立夏を求めずにいられるだろうか。再会したとして、立夏は恵里香を受け容れてくれるだろうか。

昨夜の立夏の言葉を思い出すと涙が出てくる。彼のことを大切な存在だと、心から思う。東尋坊に新しい身分を手に入れられると提案され、断ったとき、恵里香は茉菜と正樹を理由にした。だが本当は、菅沢立夏の存在を、その名前や軌跡も含めてこの世界から消したくなかったのだ。

その立夏は、一連のできごとを落ち着いて思い返せば、恵里香を恐れるようになるかもしれない。そうなってくれたら、立夏はやっと本来あるべきだった人生に戻れるだろう。手紙に綴った通り、恵里香は立夏が自分のことを忘れてくれたらいいと願っている。

それでも、万に一つの可能性で、立夏が恵里香とこれからも一緒にいたいと言ってくれたら？

そんな未来がもし、訪れたら……？

車内アナウンスが流れ、恵里香は淡い気持ちを打ち消した。目的の駅が近づいている。幼い姉妹とその両親は、いつの間にかいなくなっていた。

電車が到着し、恵里香はホームへ降りた。

乗降客が多い駅だ。平日の昼間だというのに、人の波がコンコースを流れていく。

駅の出口をくぐると、賑やかな商店街が延びている。居酒屋のチェーン店やカフェ、たくさんの服が並ぶ洋品店の店先を、穏やかな顔をした人々が通り過ぎて行く。

パチンコ屋の自動ドアが開き、猫背の男が出てくるとき、けたたましい音楽が溢れた。

恵里香は商店街の路地を曲がった。

そうすると、あたりは一気に静かになった。蕎麦屋や中華料理店が、古びた住宅の隙間に並んでいる。次第に人通りは少なくなり、シャッターが下りた商店ばかりになった。

都会の繁栄が落とす影に潜った街。東京にはこんな風景がいくらでもある。そして地獄は、こんな場所にぽつんと息を潜めて存在している。

恵里香はふと思いついて、ポケットに隠しておいたナイフを、刃を起こして履いている靴の底に入れた。花梨を刺すふりをしたときに使い、それからずっと隠し持っていたナイフだ。赤レンガ倉庫の裏で柳に見つかったとき、一瞬これで刺すことも考えたが、人を傷つける姿を立夏に見られたくなくてやめた。

刃が靴下を突き刺さないか、何度か踏んで確認したが、どうやら大丈夫そうだ。足を進める。

路地に入ってから十分ほど歩くと、くすんだ塀に挟まれた路地の突き当たりに灰色のビルが現れた。

ビルの壁の色のせいか、その一角だけ暗く見える。隣の建物も古く、開発から取り残された区画といった感じだ。恵里香が曲がって来た角には雑居ビルがあるが、そこもテナント募集の貼り紙が出ていた。ぼんやりと歩いていてこんな一角に来てしまったら、危険を感じてすぐに引き返すだろう。都会から溢れた悪いものが溜まる窪地のような区画だった。

ビルを見上げる。三階建てで、窓には空が映り込み、中の様子は見えない。出入り口になっているガラス扉の上には、『高濱《たかはま》ビルヂング』と古めかしい立体文字が並んでいる。

圧迫感を無視しようと努めながら、スマートフォンを取り出し、陽子に掛けた。

「着いた」三回目のコールで相手が出ると、恵里香はすぐに言った。陽子とは、できるだけ会話をしたくなかったのだ。「今からそっちに——」

『……お姉ちゃん？』

全身が粟立った。まさか、茉菜の声を聞くことになるとは思わなかったのだ。

「茉菜？」

返ってきたのは荒い息遣いだった。嗚咽を堪えている音だ。茉菜、ともういちど恵里香は呼びかけた。叫ぶような言い方になってしまった。あたりを見回したが、通行人はいなかった。

『みんなで食事をする部屋にいるから、来て』震える声をやっと絞り出している。そんなふうに聞こえた。『……立夏さんは？』

「一緒よ」答えてから素早く周囲を窺った。こんな嘘が通じるだろうか。窓から覗けば一発でバレる。

わずかな間があった。茉菜が泣くのを我慢している音だけが聞こえてきた。

そして、通話は切れた。

恵里香はスマートフォンを下ろした。

立夏を連れて来ていないと知られているかどうかはともかく、陽子がわざと茉菜を電話に出したのは間違いない。恵里香を動揺させる術を、陽子は本当によく心得ている。

恵里香は左手の薬指に通してある結婚指輪を撫でた。一瞬、指輪を外して行くのがふさわしいかもしれないと迷った。だが着けたままでいるほうを選び、入り口の扉の引手を摑んだ。ドアは重かった。

そこは玄関ホールで、正面に上へ延びる階段がある。耳を澄ましても物音ひとつしない。家庭という言葉からイメージする光景とはほど遠い、冷たい静けさが、液体のように階段を伝って流れ落ちてくるようだ。

階段のうしろへ目をやった。死角になって見えないが、そこには地下へ通じる扉がある。恵里香が最初に閉じ込められた部屋があるはずだ。

当時を思い出しそうになって、恵里香は目を背けた。

階段を登り始める。

陽子も豪も、『合格』にした子供たちを地下には近づけず、一階のフロアも使わせなかった。二階は家族それぞれの部屋、三階は食事や団らんのためのスペースと決めていた。余った部屋は何もない。家と呼ぶには空虚な住居だった。

用心のために、手すりから離れた壁際を登っていく。上から覗き込んだとしても、こちら側を歩けば恵里香の姿は見えない。

段差を越えるたびに靴の中でナイフが動いたが、気になるほどではない。

二階の踊り場を通り過ぎたとき、物音が聞こえた。

立ち止まり、顔を向ける。靴音がして、三階の廊下にがっしりとした男の上半身が現れた。

「……正樹さん」

安堵しながら、恵里香は呼びかけた。だが正樹は微笑みさえ浮かべなかった。

「おかえり」正樹は淡々と言った。

「ただいま、と言うのも違うと思うけど。話し合いに来ただけだから」

「旦那は？」

正樹は目の奥から何かを訴えている。しかし、その意味が読み取れない。

「もちろん置いて来た」

正樹はうしろへさがった。こっちへ来いと言われているものと思い、恵里香は踏み出した。

気配に気づいて振り返ったのはその直後だ。

だがわずかに遅かった。二階の廊下の物陰から現れた人影が階段を蹴り、跳躍して、恵里香に飛びかかって来た。柳だ。

気づいた直後、恵里香の頭部を強烈な一撃が襲った。

5. ……and a Silver Bullet in Her Shoe

（そして彼女の靴の中の銀の弾丸）

「どこに行くの？」

しばらく留守にする、と告げられた途端、詩乃は顔色を曇らせた。

開いたドアを支えている風花のうしろからその様子を見た立夏は、なんと答えるべきか迷って風花を窺った。東尋坊は車を玄関前に着けるため、先に外に出ている。

立夏は風花の体を静かに押しのけ、敷居を踏んだ。部屋の窓にはカーテンが引かれ、北登は部屋の片隅で毛布にくるまって眠っていた。

立夏は声を落として打ち明けた。

「正直にお話ししますね。僕たちは恵里香を助けに行きます」

「助けに……？」

「恵里香は一人で陽子さんのところに行きました」

「──なんでそんなこと……」

「それはお話しできません。でも必ず連れて帰ります」

詩乃は北登を振り返った。躊躇が、肩のあたりに見え隠れした。自分も一緒に行くと言おうとして、北登を置いてはいけないと考えたのだろう。

「あなたたちはここで待っていて」

そっと言った風花を、詩乃は探るように見た。

「わたしたちを信用するの？」

「どういう意味？」

「みんな出かけるなら、ここはわたしと北登だけになる。いなくなったら何をするかわからないでしょ。お金を持って逃げるかもしれないし、もしかしたら陽子さんたちが送り込んだスパイかもしれない。危険だとは思わないの？」

風花の横顔に暗い影がさすのを立夏は見た。

「本当に危険な人間は、そんな悲しそうな顔で悪事を語らないものよ。わたしたちが出て行ったら、念のために玄関の鍵を掛けて。もし、明日の朝までに戻らなかったら、台所の棚の一番下の段を探って」

「……どうして？」

「そこに現金が隠してあるから。立夏さん、行きましょう」

いたずらっぽく笑いかけて踵を返した風花に、立夏もそっと笑った。

緩んだ空気が消えないうちに、風花と玄関を出る。東尋坊が待つ車に乗り込むあいだ、立夏は、この細い女性の内側にある強さを眩しく感じた。そして改めて、恵里香が助けた命の重さを噛みしめた。

後部座席に乗り込み、東尋坊に地図が描かれている写真を渡した。

「大丈夫かい、お坊ちゃん」揶揄を含んだ言い方だ。

「なんですか、お坊ちゃんだなんて」

「なんか考え込んでるからさ。怖いのか」

心に火が点くのを感じて、立夏は言い返した。彼にしては珍しい行為だった。

「怖いですよ。このまま恵里香と会えなくなるのが」

「怖いのか」

隣に座った風花が喉を鳴らした。

「かっこいい王子様ね。さ、車出して」

ドライブにでも行くような気軽な言い方だった。

座席には、食堂の床下から取り上げた紙袋がそのまま置いてある。

立夏は尋ねた。

「陽子さんたちも武器を持っていると思いますか」

「もちろん。だが、俺が売ったものはもうほとんど残ってないはずだ。銃器はメンテナンスがいるし、弾もいる。豪にハクをつけるために、俺から買ってたんだろうよ」

袋の口を強く摑んで立夏は言った。

「……疑問に思っていることがあるんです」

「何だ？」

「陽子さんたちは、人を殺すことも、遺体の始末をすることもあったそうですね。遺体の処理は凍らせてから砕いたり、溶かしたり、とにかく足がつかない方法を取っていました」

「当たりまえでしょう。死体は見つかるのがいちばん厄介よ」

「そうなんです。見つからないようにしなければいけません。それなのに、ときどきは恵里香に殺害させて、死体を埋めさせていた。そのうえ恵里香によると、埋めた直後はその場から少し離れたところで待機するんだそうです。不思議じゃないですか？なんだかそこだけ、隙がある」

「その隙のおかげで、俺も風花も生き延びられたんだ」

「それです。僕にはその部分が、わざと作られているように見える」

風花と東尋坊は目で尋ね合った。

立夏は少し黙ってから、続けた。

「東尋坊さんと出会うよりまえは、小細工はできないし、掘り返してくれる人もいないから、殺害を誤魔化すことは不可能に近いでしょう。でも恵里香は、どうしたら殺される人を助けられるか、考えずにはいられなかったはずです。今、刺すのをやめて逃がせば、この人は生きられるかもしれない。袋に詰めたんだから、ちょっとのあいだなら空気がもつかもしれない。すぐに土を掘り返して病院に連れて行けば助かるんじゃないか……」

「あの陽子と豪が、獲物に逃げるチャンスを与えてたって言うのか？」

「それはないと思います。それが目的じゃない……じゃあ何だろうと考えたとき、柳の行動を聞いて、もしかしたらと思ったんです」

「柳が映像を撮ってたっていう、あれ……？」

呟いた風花はじっと考え込んだ。

「柳はランダムに撮影をしていたと言いました。一時間くらいは撮り続けたそうです。それは被害者に息があったとしても絶命するくらいの時間だったのでしょう。その間、恵里香はずっと被害者を助ける努力をしない自分を責めるんです。撮影されていれば、なおさら」

意味を悟ったように風花が顎を上げた。

立夏はそんな風花を一瞥した。

「苦しませたかったんじゃないでしょうか。陽子さんと豪さんは、自分たちの支配下にある子供がどうしたら苦しむかを知っていて、負荷を掛け続けていたんじゃないでしょうか」

「なんでそんなことを……」

「決まってる。サディストだからさ」

「もちろん、それは間違いないですけど。それだけではないような気もするんです」

バックミラー越しの視線で、東尋坊は「何だ」と問いかけた。

「僕との結婚も。恵里香を苦しませるためだけ、とは思えない……思いたくないんです」

「それはそうね。こんなハンサムでやさしい男の子だもの。たとえ命令だとしても、恵里香ちゃんは幸せでしょうよ」

立夏が小さな声で感謝を伝えると、東尋坊が呻くように割って入った。

「だから何なんだ。はっきり言え」

「試しているように見えるんです。僕と結婚させた理由を、僕が田舎のほうに広い土地を持っていたからだと言いました。でもそんな男なら他にもたくさんいる。それこそ僕よりずっと年上の相手のほうが都合が良かったはずです」

「恵里香ちゃんが本気で惚れるかもしれない相手を用意したのは、土地を手に入れるだけが目的ではないように見える、というわけね？」

本気で惚れるかもしれない相手と言われて、立夏は胸がくすぐったくなった。

「あの、まあ、そうです。まるで恵里香が、というより、自分の子供たちが、他の誰よりも陽子さんを優先するか試しているように見えたんです。心の中は、外側からは見えませんから」

車内は静まり返った。

その気になれば命を救える状況を作り、心を痛めながら葛藤する時間を与える。愛情を向けやすい相手と無理やり結婚させて、それでも母親をいちばん愛せるか様子を見る。

そのためなら、犯罪が発覚する可能性が上がることもいとわない——

「これは完全に想像ですけど、陽子さんと豪さんは、自分たちに従順な子供を手に入れるために犯罪行為を始めたんじゃないでしょうか。犯罪を行うために子供たちを集めたんじゃなくて、順番が逆なんだとしたら。殺人や死体遺棄なんて最悪な行為は、いちどでもやってしまえば後戻りできない。罪の意識は人間を縛りやすい」

凍り付いた空気を東尋坊の怒りに満ちた喚き声が破った。

「そんなことをして、残される子供たちはどうなるんだ。親は子供より先に死ぬ。人生を壊された子供たちはどうやって生きていくんだ」

「……再生産が目的だとしたらどうかしら？　自分と同じことを子供たちが繰り返し

ていく。そんなことを望んでいるとしたら？」

風花の言葉を受けて、立夏は紙袋に手を入れた。指に触れた中でいちばん重い感触を引っ張り出す。カンプ・ピストル。擲弾を発砲できる特殊な銃。これを使って戦車を破壊した兵士もいたと聞いたことがある。

「僕は子供の頃からつらい目に遭ってきました。人を信じられなくなった時期もあります。でも、こんなに誰かを憎いと思ったのは初めてです」

二人の視線を感じた。特に東尋坊は、驚きと恐怖が混じり合ったまなざしを向けていたが、かまうものかと立夏は思った。

＊

殴られた瞬間、意識が震えた。

目の前が真っ暗になり、気を失いかけた。だが恵里香は意志の力を総動員して耐えた。

壁に背中がぶつかり、反動で床に倒れる。受け身を取ることなくわざと頬骨をぶつけて、痛みと、顔に痣を作るという、女としての本能的な恐怖を使って覚醒状態を保った。

目を開き、短い呼吸を繰り返す。その気になれば立ち上がれたが、あえて倒れたままでいた。

「殺すな」正樹の不機嫌な声が聞こえた。

「このくらいじゃ死なないでしょ」

目で探って、柳のスニーカーを捉えた。スキップするように弾んでいる。爪先に長い髪の毛が絡んでいるのを見て、彼が恵里香の頭に跳び蹴りをしたのだとわかった。

「適当に痛めつけろって言われたじゃん。もう一回くらい殴っとく？」

「もういい」

柳が鼻で笑った。

「じゃあ連れて行こう」

柳が屈み、床に投げ出した恵里香の腕を掴もうとした。

恵里香は咄嗟に腕を引いた。柳が不機嫌になるのが、気配でわかった。恐らく腕を踏みつけようとしたのだろう。スニーカーが持ち上がったとき、階段を降りてきた正樹の太い声がして、柳の体がよろめいた。

「どけ」

柳を押しのけた正樹は、恵里香のまえに屈んだ。腕を摑み、乱暴に引き起こしながら、素早く囁いた。

「茉菜はお母さんといる」

恵里香は柳に気づかれないよう、浅く頷いた。正樹が仲間であることを確かめられて心が強くなり、全身に力が漲《みなぎ》った。

「お母さんが、話をしたいそうだ」今度は柳にも聞こえる大きな声で言った。

「話をするだけなら、なんでいきなり柳にこんなこと……」

こちらも声を張り上げると、柳が鼻で笑う音が聞こえた。

「お母さんがやっていいって言ったから」

恵里香と正樹は目配せを交わした。柳に対する危機意識と嫌悪が、お互いの目のなかにあるように思えた。

正樹に腕を摑まれたまま階段を登った。幸い、靴底のナイフは無事だ。三階の廊下は冷たく伸びて、最後にここを出たときと何も変わっていないように見えた。右へ折れてすぐの部屋。『家族』が集まるときに使うリビングルームのドアが開いている。

「お母さん。恵里香が来たよ」

正樹に押されて室内に踏み込むと、床に座り込んでいる茉菜と目が合った。茉菜は怯えているが、大きなケガをしている様子はない。

恵里香は素早く室内を見渡した。

十帖ほどの広さがある部屋の壁は灰色で、おなじ色の天井は高く、規則的に並ぶ窓は嵌め殺しになっている。部屋の真ん中にベージュの絨毯が敷かれ、その上にリビングダイニングのセットが置かれている。家具は一般的な家庭にあるようなシンプルなものだが、オフィスや店舗に使うべき部屋にあると白々しい。

蘇った記憶が恵里香の心に圧力をかけた。

陽子、そして生きていた頃の豪は、家族になにがしかの問題が起こると、子供たちをこの部屋に集めた。最初はイスに座らせて静かに説教が始まる。そのあとは、失敗をしたのが恵里香なら茉菜に、茉菜なら恵里香に、暴力が加えられる。共同責任とみなされれば、子供同士でお互いに平手で打ち合うこともあった。最後には何度も、お父さんお母さんごめんなさい、と繰り返させられる。世間の家族が団らんを楽しむための部屋を模した空間は、恵里香にとっては拷問部屋でしかなかった。

瞬きと一緒に心に鎧を着せて、恵里香は茉菜の傍らでイスに腰かけている陽子を見た。

陽子はテーブルに肘をつき、こちらを見つめていた。物憂げな面持ちは何を考えているか読めない。長年陽子の下で生きてきた恵里香にとって、その顔はもっとも恐ろしい、警戒すべき表情だった。

見えない力に引っ張られるように、恵里香の心が罪悪感にまみれた。自分の行動のどこがいけなかったのか考えて、正解を探り、陽子に言われるまえに謝ろうとしている。勝手に頭を垂れる自分を叱責して、恵里香は正樹の腕を振りほどいて進み出、陽子の向かいの席に座った。

恵里香の動きを追いかけていた陽子の視線に、かすかな苛立ちが覗いた。それだけで、恵里香の背筋が寒くなる。だが恵里香は、靴の中のナイフの感触を確かめて恐怖心を堪えた。

恵里香は、まっすぐに陽子を見返して言った。

「茉菜もイスに座らせて」

恵里香の言葉が終わらないうちに、陽子は床で膝を抱えている茉菜を蹴った。鈍い音と、茉菜の悲鳴が合わさって響いた。出入り口に待機していた正樹が、あっと叫ぶ声も聞こえる。その音の少しあとで、柳が短く笑った。

恵里香はこみあげてきたすべての衝動を嚙み殺した。ここで大きな反応を示しては、陽子の思うつぼだ。現に陽子は、恵里香の表情を舐めるように観察している。

やがて恵里香が持ちこたえているとわかると、陽子はすすり泣いている茉菜を無視して言った。

「……立夏はどこにいるの？」

「この近くにはいない」

「花梨がどこに逃げたのか知ってる？」

「立夏と一緒にいる」

陽子の眉が持ち上がった。

「あんたに喉を刺されて、怪我してるんじゃないの？」

恵里香は口を閉じて陽子を見つめた。陽子の頭にはまず最初に、被害者が加害者と行動を共にするわけがない、という考えが浮かぶだろう。しかしすぐに、様々な想像を巡らせるはずだ。もしかしたら花梨は恵里香に事情を打ち明けられ、花梨の傷も医者が必要なほど深くはなく、立夏と一緒にあなたを助けると説得されたとしたら。

恵里香は頭からホクトの存在を追いやった。今は平然と振舞って、陽子の思索がこちらに都合の良い方向へ流れるようにしなければならない。

陽子は長い時間をかけて恵里香の目を覗いていたが、やがて質問を変えた。

「……電話で言ってた鍵は？」

安堵を表に出さないよう気をつけながら答えた。

「立夏が持ってる」

陽子はもういちど、茉菜を蹴った。甲高い悲鳴がいちどだけ聞こえ、すぐに静かになった。唇を噛んだか、喉を無理やり狭めたかして、茉菜自身が悲鳴を殺したのだ。テーブルの下を覗くことはできないから、恵里香には茉菜の様子が見えない。今すぐ駆け寄って抱きしめたい気持ちを必死に繋ぎ止め、黙って陽子を見つめ続けた。茉菜はもう私の弱点ではない。従って茉菜を傷つけても私を脅かすことはできない。それを陽子に理解させることが、茉菜を守る手段になる。

「ねえ、お母さん」恵里香は面倒そうに見えるよう、溜息をついて背もたれに寄りかかった。「まだわからないの？　私の一番大切な人は茉菜じゃない。立夏なの。だから茉菜をいたぶっても、昔みたいに慌てて止めたりはしない」

茉菜がしゃくりあげた。

「そんな、お姉ちゃん。ひどい……」

目が勝手に動き、茉菜の声の出所を追った。

茉菜はテーブルに手をかけ、よろめきながら起き上がったところだった。涙で濡れているが、その目の奥底には、これは演技だと訴えかける冴えた光があった。

恵里香はその芝居に乗った。

「あなただってわかるでしょう。女は好きな男ができれば変わる。まして私は結婚したんだから」茉菜から正樹へ視線を投げた。「あなただって、正樹さんのためなら私を裏切るでしょう？」

正樹の顔色があきらかに変わった。彼は恵里香たちのやりとりを本気に取っているのではないかと不安になったが、そんなことまで気にしてはいられない。

陽子に顔を戻した。表情に変わりはなかったが、目の奥が暗く燃えていた。

「……何が望み？」

「私と立夏の自由」

言い放って、一瞬だけ、茉菜を見た。

陽子が意識してしまうより早く、目を下へ向けて茉菜に合図を送る。

茉菜はゆるゆると床に戻った。ショックと痛みに打ちのめされたがゆえの動きだと、誰もが思っただろう。

恵里香はふたたび陽子と目を合わせた。

「立夏には何もかも話した。彼、それでもいいと言ってくれたわ。その代わりもう、あなたたちの仕事には手を貸さないで欲しいと。私もそうしたい。これからは立夏と一緒に、私たちの暮らしをしたいの。だから、私たちを放っておいて」

「あんたたちの暮らしって何？　言ってみて」

「世間に顔向けできる仕事をして、一緒にご飯を食べて……子供を育てる」

陽子は鞭のような声で笑った。

「あんたに子育てができる？　やりかたを知らないじゃない。あんた、まともに育ってないんだから。立夏だって。母親にネグレクトされて大きくなったせいで、人との接し方が歪んでる。あんたたち夫婦は、最初から部品が足らないプラモデルみたいなものよ。完成することはないの」

「部品がないなら、完成図とは違う夫婦になればいい」

陽子は突風を浴びたように目を細めた。

その顔に勇気づけられ、恵里香は続けた。

「私たちはひとつずつ一緒に探っていく。わからないことを二人で考えて、正解を見つけて、間違っていたらどこが間違っていたのか考えて、また進んで行く。私一人だったらできなかったことを、立夏と二人でやるの。夫婦だもの」

言いながら、心が悲しみに痺れた。そうだったらどんなに良かったことだろう。しかし、これはもう訪れることはない未来だ。

恵里香はそっと右足を靴から浮かせた。ドアのところにいる柳に見つからないよう、テーブルの脚の陰に隠して、必要最小限度の動きにとどめながら踵を抜く。

陽子は長い吐息をついた。

「あんたも、悪い子になったのね」

「……『も』？」

「あんたたちが最初の子供たちじゃない。わたしと豪は出会った頃から、理想の家族を作るために頑張ってきたの。完璧な家族には子供が必要。親の言うことを聞く、頭のいい、可愛い、わたしたちの精神を受け継ぐ子供。血が繋がっていなくたって、心が連結していればいい。今までに何人も子供を持ったわ。きちんと仕上がらなかった子供は、花梨みたいに処分した」

恵里香は思わず腿に置いた両手を握りしめた。

陽子は、そんな恵里香から顔を背けて、正樹に言った。

「覚えているでしょう。何人か埋めたものね」

正樹を見た。

正樹は顔を伏せ、動揺を隠し切れていない口ぶりで言った。

「二組。四人埋めた」

陽子は顔を戻した。

「あんたたちが合格するまで、正樹と柳の役割だったのは知ってるでしょ。その前はわたしと豪が自分たちでやっていた」

あんたは最低だわ。

口を突いて出そうになった罵声を、恵里香はなんとか呑み込んだ。そして、踵を浮かせた靴を、そっと茉菜のほうへ押した。茉菜が見ているか確かめられない。さっきの一瞬の視線のやりとりを信じるしかない。

「それなら、こういうのはどう？」

靴から静かに足を抜いた。

心臓が高鳴り、喉が詰まるようだ。それでも落ち着きを装って続けるしかない。

「詩乃を引き渡す。鍵も返す。その代わり、私と立夏は放っておいて」

靴をそっと押した。茉菜に靴底が見える位置だ。ナイフに気づいたろうか。

「……私と立夏を殺してもいいけど、それって面倒でしょう？　悪い子の私を忘れて、また新しい子供を育てたほうが楽。違う？」

舌を動かしながら、恵里香は頭の中で素早く計算していた。立夏は警察に行ってくれるだろうか。もちろん何もしないという選択肢もある。妻の裏切りに怒り、打ちのめされて、それが最善だとわかっていても恵里香の言うことを無視する可能性が。

だが、立夏はやさしい男だ。一緒に暮らした百二十日間、彼が見せてくれた気遣いや微笑みは本物だったと、恵里香は信じている。あのやさしさが、立夏を、詩乃を助けたいと願う気持ちへ導くだろう。そうなったら一番いい手段は公権力を頼り、詩乃を保護してもらうことだとわかるはずだ。立夏を守れるかどうかは、今このときの恵里香の行動にかかっている。

恵里香は、茉菜がナイフに気づいてくれたことを願いながら、爪先を引っかけて靴を引き戻した。

「それに、もう一人いるじゃない？　詩乃の弟はどうなの？」

「死んだよ」

柳の答えを聞いた瞬間、恵里香の胸で何かが弾けた。

問い返す音を喉から漏らし、恵里香は柳を振り返った。

柳は笑顔だった。

「おれが殺した。花梨が逃げて、こりゃやばいってなって、お母さんはすぐにレンを始末させたんだ」

レンというのは、『ホクト』に陽子が与えた名前だろう。蓮という字を書くのかもしれない。植物の名前だとしたら、それしか思い浮かばなかった。

柳の明るい声は続く。

「あんたたちが横浜に現れたら捕まえて、死体は一緒に始末するはずだった。だけど失敗しちゃって。蓮の遺体は車に積んだままだ。この暑さだからね、臭《にお》ってくるまえに早く済ませたいよ」

恵里香は唇を動かそうとした。話さなければと思うのに、言葉が見つからない。黙っているうちに、陽子が動いた。

「正樹」

静かに持ち上がった陽子の右腕を見て、恵里香の全身がざわついた。拳銃が握られていたのだ。

恵里香が思わず立ち上がりかけた瞬間、茉菜が動いた。飛び起きて、陽子の手をしっかりと握ったのだ。

「やめて、お母さん。お願い——」

恵里香ははっとした。茉菜の懇願は本気ではない。

陽子は鼻で笑い、茉菜に顔を近づけて言った。

「あんたのお姉ちゃんは、妹よりも男を選んだのよ。あんたはどうする？　今ならまだ、正樹との仲を認めてあげてもいいのよ」

茉菜の手が滑り落ちた。項垂れるふりをしながら、茉菜は恵里香をそっと見た。その目の奥にある感情を読み取って、恵里香はナイフを隠した右足をさらに体に近づけた。

「大好きなお姉ちゃんを目の前で死なせることが、あんたへの罰。ほら、正樹」

「待って。私が帰らなかったら、立夏と詩乃が警察に行く」恵里香は焦っているふりを続けた。

「茉菜に呼び出させる。すべて片付いたから来て、とでも言わせればいい。恵里香が怪我をしたと付け加えれば、動転して駆けて来るかしら。立夏のスマホの電話番号は、もちろん把握してるし」

「立夏は頭がいい。ここに来るまえに鍵を隠してくるかもしれない」

陽子は曖昧な笑みを浮かべた。

それを合図にしたように、正樹が歩み寄り、陽子の手から拳銃を取った。

黒光りする大きな銃だ。

東尋坊が用意したものか、それとも裏で手に入れたものなのかはわからない。だが恵里香には、なぜ陽子が拳銃を使って恵里香を殺そうとしているのか想像できた。ナイフで刺したり、ロープで絞めたりすれば、恵里香は一瞬の隙を突いて逃げるかもしれない。もちろん多勢に無勢だからその可能性は低いが。しかし、拳銃で頭を撃てば逃げられる心配はない。拳銃なんて足のつきやすい武器を使う殺人は、そんな理由でもなければ危険すぎてできない。

「おれにやらせてくれないの？」柳が口を挟んだ。

「正樹に撃たせた方が、茉菜への罰になるわ」

「……おれがやりたいのに」

恵里香は柳のほうを見ないようにしながら、声の反響で彼が扉の前から動いていないことを確かめた。柳は武器を持っていない。こちらの味方である正樹が拳銃を握っていれば、勝ち目はある。

正樹はテーブルを回り込み、恵里香の隣に立った。柳に背中を向けるかたちだが、距離があるので万が一に柳が跳びかかって来ても対応できるだろう。

「頭を狙うのよ」

正樹が拳銃を持ち上げた。

そのとき、茉菜が陽子に飛びかかり、両腕で陽子の体を抱えた。

「お姉ちゃん、今っ」

恵里香は右足の靴を脱ぎ、隠しておいたナイフを手に取った。驚きが、麻酔のように陽子の動きを止めていた。恵里香はテーブルを飛び越え、上向いている喉の皺めがけてナイフを振るった。

乾いた音が轟いた。

衝撃のあとに熱い痛みが右肩を襲い、腕から力が抜ける。陽子を刺すはずだったナイフは、刃を汚すことなく落ちて、テーブルの角に当たった。

視界が傾いた。床に倒れた恵里香が肩を押さえると、指が滑った。轟音のように鳴り響く痛みに震えながら肩に触れた手を見ると、赤く濡れていた。

撃たれたのだ。

「……え？」

溜息と一緒に、問いかける音が漏れた。

揺れる意識に翻弄されながら、恵里香はなんとか頭を上げた。

恵里香の体を跨いで、正樹が見下ろしている。彼が構えている銃口からは、細い煙が立ちのぼっていた。

＊

「建物はこの向こうだろう」

東尋坊は車を寂れた商店街の片隅に停めた。シャッターばかりが目立ち、歩いている人の姿も少ない。間もなく開発される地区なのかもしれない。

「その地図、正樹さんが描いてくれたのかしら。だとしたら北登君を助けたのも、彼？」

「たぶんそうです。早く行かないと、正樹さんも危ないかもしれない」

車を降りようとした立夏を東尋坊が呼び止めた。

「焦るな。武器を準備する」

立夏は逸る気持ちを堪えながら東尋坊に紙袋を渡した。

東尋坊は運転席に座ったまま紙袋を開け、車の周囲に通行人がいないかを確認すると、ドラグーンと呼んでいた拳銃を出した。

東尋坊は黒い火薬を弾倉に詰め、その上から弾を入れた。入れ終わると、銃身の下にあるローディング・レバーを、銃身と垂直になるまで倒す。レバーの尻は弾と火薬を詰めた弾倉の穴に、餅つきの杵のように沈んでいった。

「それ、弾を弾倉の奥に押し込んでいるんですか」

「そうだ。この銃はパーカッション式といって、火薬と弾を別々に詰めていかなきゃならない。それが終わったら、レバーで奥に送り込む」

東尋坊の無骨な手は、銃に触れるとしなやかな動きを見せた。彼は最後に、金色の小さな部品を、弾倉の、火薬と弾を詰めた反対側から被せた。

立夏は道の先を見た。

「こいつは俺が持つ。あんたにはカンプ・ピストルとスタンガンをやる」

風花は東尋坊と立夏を交互に見た。

「わたしは？」

「風花は車に残ってくれ」

呆れたように眉を寄せた風花に、東尋坊は続けて言った。

「俺たちに何かあったら、《やまなみ》に戻って詩乃たちを頼む。それに、俺たちが怪我でもしたら誰が運転するんだ？」

「だけど——」

東尋坊は不器用に微笑んだ。

「かっこつけさせてくれ」

風花は納得しきったとはいえない様子だったが、承諾した。立夏はボールペン型のスタンガンをポケットに挿し、カンプ・ピストルが入った袋は腕に抱え、車を降りた。

東尋坊が先頭に立って目的地を目指した。

夏の日差しを浴びているのに体が冷たい。誰とも擦れ違わない通りは、幻の中の光景のようだった。

「銃で人を撃ったことはあるか？」

「あるわけないじゃないですか」

「なら言っておく。銃は接近戦には向かない。弾はまっすぐにしか飛ばないから、案外避けられる。俺は距離を取って戦うから、そのつもりで動け」

「……心がけます」

「それから」

東尋坊は吐息を挟んだ。

「おまえはまだ、自分を殺そうとして襲って来る人間と向き合ったことはないだろう。あれは凄まじい。獲物を狙うライオンの正面に立つと思え。遠慮も容赦もない、命を嚙み砕きにくる顔だ。そんなものを見ても、怯むなよ」

立夏はカンプ・ピストルの包みを胸に抱いた。

「……夢でも見ている気分です」

東尋坊は独り言のように零した。

「夢なら必ず醒める」

＊

混乱と苦痛に意識を食われて、恵里香は気を失いそうになった。かろうじて正気を保てたのは、茉菜が漏らした囁き声のおかげだった。

「……どうして？　正樹さん。なんで、お姉ちゃんを撃ったの？」

瞬きを繰り返した恵里香は、肩の傷を見た。あまりにひどい痛みに、骨ごと肩が吹っ飛んだかと思っていたが、服の一部が破れて皮膚が裂けているだけだ。出血はひどいが、弾は体に食い込んでもいない。

「間違いでしょう？　正樹さん、だってあなたは、あたしたちの味方――」

茉菜の震える声は陽子の一言に打ち消された。

「鍵なんてどうでもいいのよ」

　恵里香は頭をもたげた。

「どうでもいい……？」

「疑似餌《ぎじえ》だったのよ。偽物の鍵を用意することで、逆らおうとする者がいれば、本物の鍵を探そうと企む。意識が鍵に向かうから、金庫がダミーかもしれないとは考えなくなる。ＳＤカードが普段、まったく違うところに保管してあったとしてもね」

　陽子は自分の右足に手を掛けた。わずかな手の動きだけで、手品のようにＳＤカードを取り出し、またすぐに戻してしまった。

「あんたたちに金庫を印象付けて、金庫の鍵が手に入ればＳＤカードを盗めると思わせただけ。あんたたちも大きくなって、お母さんに嘘をつくかもしれない。だから試した。あんたたちが逃げて、ふつうの人生を送ろうとしたときに、わたしが持っている映像は邪魔でしょう。わたしを裏切ろうとしたら、まず映像を手に入れようとする。だから偽物の餌を撒いて、あんたたちを試したの」

　脈打つ痛みのうしろから理解が押し寄せてきて、恵里香は呻いた。最初からすべて企まれていたことだったのだ。映像を手に入れる鍵がハーブショップに隠してあると話されたときから、恵里香も茉菜も陽子の手の上で踊っていたのだ。

ドラム缶を打ち鳴らすような頭痛に、陽子の声が被さってくる。

「最初に持ちかけたのは茉菜だったそうね。『いつまでもお母さんに見張られたままでいたくない』」

茉菜の荒い喘鳴が聞こえた。

「わたしはね、特に女の子を信用していないの。顔で微笑みながら腹で企みを育てているのは、自分自身に置き換えればわかることだから。もちろん、男の子ならまったく従順ということもない。だから罠を仕掛けるまえに、まずは正樹を試したわ。茉菜を口説いてごらんって」

茉菜はかすかな声を漏らした。悲鳴とも呼べない、ガラスを引っ掻いたような音だった。

「正樹が恵里香のほうに気があるのは知ってたから。たとえ自分が手に入れたい女じゃなくても、お母さんの言うことを聞くかしらと思って。正樹はちゃんと言われた通りにしたわね」

恵里香は口を開いたが、言葉は出てこなかった。思いつく限りのあらゆる罵倒が喉に殺到し、詰まったが、その言葉のどれも陽子の所業を罵《ののし》るには役不足だったろう。

「茉菜がわたしに背こうとしたことを、正樹はすぐに報告してくれた。だから正樹にだけは真実を教えた。そしてそのまま、茉菜の提案に乗るふりをさせたわ。茉菜に誘われた恵里香がどう動くかも見ていたのよ。柳には……」

陽子は忍び笑いを漏らした。

「誰も声をかけなかったのね」

「俺も言わなかった」正樹は恵里香から目を逸らさずに言った。「柳には漏らさないほうが自然だから」

「なんだよ、それ」

抗議した柳は不思議そうに続けた。

「え、でもさ。赤レンガ倉庫で、正樹は立夏たちを逃がしちゃったよ。あのとき追いかけてれば捕まえられたのにさ」

「深追いはしないようにと言ったのよ。人目があるし、むしろ恵里香を騙したままにしておけば、いずれ勝手にこっちに来る。正樹」

「わかった」

正樹の靴底が恵里香の傷ついた右肩を踏んだ。痛みそのものに噛みつかれたようで、恵里香の喉から悲鳴が飛び出した。

「やめて！」

茉菜の叫びは肉を打つ鋭い音に掻き消された。陽子が杖で茉菜をぶったのだろう。

茉菜が床に倒れる気配がした。

「お姉ちゃんを痛い目に遭わせたくなかったら、今すぐ立夏に電話を掛けなさい」

陽子が杖を使って立ち上がる音が聞こえた。

「すべて片付いたけど、恵里香が怪我をしたから迎えに来て欲しい。それから、今どこに、誰といるのか訊いて」

やはり、彼らは立夏がスマートフォンを車の中に置いて来たことを知らないのだ。

恵里香はなんとか立ち上がろうとしたが、正樹の足が動いたのが目の端に映り、身動きをやめた。

茉菜はしゃくりあげた。

「……そんなこと、しない」

震える声の内側に、凜とした強さがあった。

「あたしは、そんなことしない」

恵里香は胸を打たれた。これまでに見てきた、茉菜のあらゆる表情が蘇った。茉菜はつねに守られる側であったし、だからこそ恵里香は強くあろうとしてきた。陽子たちの道具としては弱すぎる茉菜が今まで生き延びられたのは、茉菜が弱さを見せるたびに恵里香がより強く、従順になったからだ。その茉菜が今、愛する男の裏切りと恐ろしい母親からの暴力の、両方に立ち向かおうとしている。

倒れたまま、恵里香は茉菜を見た。床に座り込んでいる茉菜は、静かに顔を起こして陽子を見据えている。茉菜の目元はテーブルの天板に隠れているが、引き締まった口元に、彼女の勇気が見えた。

陽子は束の間、黙った。正樹が目を逸らしさえしてくれたら茉菜が逃げるための隙を作れるのだが、正樹はちらちらと陽子を窺うものの、銃口は恵里香に向けたままだ。

膠着状態を割ったのは柳の一言だった。

「もういいよ。撃っちゃおうよ」

つかつかと正樹に近づくと、柳は右手を差し出した。

「立夏を呼び出すなら、茉菜を生かしておけばいいでしょ。恵里香は始末しようよ。どうせこいつ、茉菜より立夏を選んだんだから、何しても無駄でしょ。あとは茉菜を痛めつけるか、兄貴に優しくさせれば言うこと聞くって。ね？」

茉菜が鋭く制止を叫んだ。

破裂するようなその声音が、陽子に思惑をもたらしてしまったようだ。唇が弧を描き、正樹に合図を送った。

正樹は恵里香の上から退いた。その途端、茉菜が動いた。恵里香を助けようとしてくれたのだろう。だが直後、陽子の杖で打たれて転び、そこに正樹がのしかかった。

正樹は茉菜を両腕でとらえ、茉菜は罵倒したが、言葉も腕の力も弱々しい。

恵里香はテーブルの角に突き刺さっているナイフを取ろうとした。だが手を伸ばす暇もなく、銃を受け取った柳がこちらに狙いを定めた。

「人を撃たせてもらえるのは久しぶりだ」

恵里香の全身を悪寒が包んだ。だが次の一瞬、柳は体の向きを変えた。銃口の先には、陽子がいる。

柳は引き鉄を引いた。

弾は、出なかった。

金属が擦れ合う虚しい音だけが、カチリ、カチリと繰り返された。

陽子は重い溜息をついた。

「……やっぱり、お母さんの子供は正樹だけだったわね」

柳の顔から血の気が引いた。

「弾は一発しか入っていなかったの。言ったでしょう、誰も柳には声をかけなかったのねって。それにわたしには、ちょっと気になるところがあったのよね。だから、あんたもテストしようと決めていたの」

陽子の言葉が途切れると、正樹は茉菜を乱暴に放った。そしてテーブルを踏み越えて柳に襲いかかった。途中で恵里香のナイフを蹴り落としたが、本人は気づいていない。空っぽの銃を握ったまま後ずさりする柳をまっすぐに見据えて、右手に何かを嵌めた。銀色の、連結した指輪のようなものが見えた。

テーブルの端を蹴って跳びかかった正樹に、柳は握ったままの銃を振るって反撃した。だが銃口は避けられ、横薙ぎに腕を殴られた拍子に銃は飛んだ。そのまま足払いを掛けられて倒れた柳に、正樹は馬乗りになると、銀色の武器を嵌めた右拳を振り下ろし続けた。殴打の音が重く低く、響く。

恵里香は柳の名前を叫び、体ごと正樹に体当たりをした。しかし頬を打たれ、呆気なく倒れてしまう。殴られた箇所がえぐられたように痛み、肩の苦痛と体の中で結びついて、激しい眩暈を引き起こした。茉菜の泣き声がどこか遠くから聞こえてくる。

骨と肉を打つ音が止んだ。

息を吐いて、正樹が立ち上がった。

「これでいいだろう。次はどうしようか？」

痛みを堪えながら、恵里香は尋ねた。

「……どうして、柳が……」

「記録用の映像よ」陽子が答えた。「人を埋めさせたあと、柳はあんたたちを撮影してた。そのあいだ、恵里香ばかりカメラに収めていた。あんたたちにも映像は見せたでしょう？　気づかなかった？　茉菜を映す回数よりもはるかに多かった。だから、もしかしたらと思ったの」

あやうく意識が途切れそうになった。あの柳が？　そんなこと、そんな素振りなんて、少しも見せなかったのに……。

恵里香の目は、床で呻き続けている柳に引き寄せられた。柳の手はかすかに動いているが、顔は血にまみれており、意識があるかはわからない。

恵里香は陽子を見た。茉菜は床に突っ伏したまま震え、その茉菜に、正樹が向かっていく。恵里香は直感した。

このままでは最悪の事態になる。何かをしなければ。どうすれば茉菜を救える？

そして立夏を——。

私が電話を掛けると言おうか？

そうすれば、時間は稼げるかもしれない。だけど、どうすれば茉菜を逃がせる？

茉菜がおとなしく陽子と正樹に従うと表明すれば、わずかな可能性は残るが、今の茉菜なら死ぬほうを選ぶだろう。なにより陽子が茉菜を生かしておくとは思えなかった。

いくら考えても光は見えない。後悔が押し寄せてきた。もっと早く、恐怖に打ち勝って、陽子と戦っていれば良かった。そうしようと考えたことはあった。ただ、できなかった。そこまでしなければならない理由が、昔の恵里香にはなかったからだ。自立を願う動機は、皮肉にも最悪の状態になるまで得られなかった。

何かが割れるような音が聞こえたのは、悔しさのあまり唇を噛んだときだった。

＊

それらしいビルにたどりついた立夏を、東尋坊は引き留めた。

「正面から行くな。上から行こう」

「上？」

東尋坊はビルの屋上を指している。

立夏は眉を寄せた。

「何を言ってるんですか。出入り口に罠でも仕掛けてあるって言うんですか？　そんなの、映画じゃあるまいし」

東尋坊に軽く頭をはたかれた。

「上から攻撃するのと、下から攻めるのと、どっちが楽だ？」

そう言ってずかずかと歩いて行く東尋坊の後ろ姿に、立夏は苦笑しながらついていった。風花の耳目がなくなった途端、東尋坊の態度は大きくなっている。その理由はわかるが、同時に、東尋坊も恵里香の身を案じているのだろう。

「どうやって上へ行くんですか」

追いついて尋ねると、東尋坊は隣の建物を指さした。

恵里香がいるビルとおなじ階数の、何かの倉庫兼事務所に使われていた建物のようだ。出入り口にはシャッターが下ろされ、人の気配はないが、壁面には非常階段がある。

立夏が意図を悟ると、東尋坊は早足になった。非常階段を塞ぐ扉の南京錠を銃の台尻で叩き壊し、先に立って階段を上がっていく。靴音が響かないように配慮した登り方なのは、隣の建物の中にいるはずの陽子たちに気づかれないためだろう。

屋上まで来ると、東尋坊は顔を曇らせた。

どちらの屋上にも囲いはない。しかし隣のビルとは二メートルほど離れているばかりか、こちらの建物よりも一メートルほど高かった。

「運動は苦手だろうな？」

「決めつけないでくださいよ。……そうですけど」

「だとしても、やれ」

東尋坊はドラグーンをくわえ、屋上の縁を蹴って隣のビルへ飛びついた。腕でしがみつき、難なく登っていく。

立夏も真似ようと、袋を捨ててまずはカンプ・ピストルを歯にあてたが、太い銃身は立夏の口には余った。仕方なくズボンのウェストに挿しこみ、落ちないか確かめたあと、たっぷりと助走をつけて飛び移った。なんとか縁を掴んだが、掌が滑る。焦ったとき、東尋坊が腕を掴み、引き上げてくれた。

「……ありがとうございます」

胸を叩かれた。

「意外そうに言うなよ」

階下へ通じる扉には鍵が掛かっていたが、東尋坊がノブを壊すと呆気なく開いた。

ここで子供たちを監禁していたはずだが、それにしては警戒が緩い。恐怖を使った支配が行き届いていたからだろうが、陽子たちがそれほどの技術を身につけるまでに、一体何人が犠牲になったのだろう。

　考えを振り払って、立夏はカンプ・ピストルを手に東尋坊のあとを追った。廊下にも誰もいない。背中で扉を閉めたとき、内側のノブが捥《も》げてしまった。

「あっ……」

　拾い上げる間もなく、金属のノブが床を叩き、音が響いた。

　立夏は固まったが、東尋坊は行動を選んだ。飛ぶように階段を駆け下りる。立夏も追いかけた。

　一段目を踏んだところで東尋坊が叫んだ。

「そこにいろ！」

　声のままに硬直した立夏は、すぐに東尋坊が命令した理由を悟った。階段の踊り場から、背の高い若者が現れたからだ。正樹だ。

　正樹は東尋坊を目にし、すぐさま躍りかかってきた。右手が赤い糸を引いている。指に嵌めた金属の武器が血にまみれているのを見て、立夏はぞっとした。恵里香の血かもしれない、と思ったからだ。

　東尋坊は飛び退き、階段の途中で発砲した。乾いた音が通路に響き、正樹も体を縮めたが、背後のコンクリートの壁に小さな穴が開いただけだった。正樹は体勢を戻し、ふたたび東尋坊に摑みかかった。東尋坊はもういちど撃とうとしたが、正樹の殴打のほうが速い。鈍い音が聞こえ、東尋坊の体が壁まで吹っ飛び、反動でドラグーンを落とした。正樹はそれを素早く拾った。

立夏が東尋坊の名前を叫ぶと、正樹はこちらに気づいた。驚きと、小馬鹿にするような表情が正樹の目を掠める。立夏はカンプ・ピストルを構えかけたが、やめた。一発きりの弾をここで使っていいのか、迷ったのだ。

その隙をついて、正樹は立夏にドラグーンの銃口を向けた。立夏の脳裏に、銃は接近戦には向かないと言った東尋坊の言葉が蘇った。立夏は床を蹴り、ボールペンに似せたスタンガンを構えると、正樹に全身でぶつかった。直前に発砲が行われたが、痛みは感じなかった。そのまま正樹の体に押し付けてスイッチを押したが、正樹は身をよじりながらも立夏の肩を鷲摑みにした。もつれあいながら、二人は階段を転がり落ちた。

背中が床にぶつかる、踊り場の床だろう。スタンガンはとっくにどこかへ吹っ飛んでいた。正樹がふたたび銃口を立夏に向ける。その指が引き鉄に掛かるのを見たが、弾は出なかった。正樹は悔し気に顔を歪め、一瞬だけ銃を見て、撃鉄を下ろした。引き鉄が引かれる。

顔を背けた立夏の髪が、何か素早いものに断ち切られた。弾がコンクリートを咬む音。

正樹の指が撃鉄に触れた。

その隙を突いて、立夏は揉み合いながらローディング・レバーを下げた。こうすればレバーが弾倉に食い込み、弾倉は回転できず、弾も出ないはずだ。

もう一度引き鉄を引こうとした正樹は、撃鉄が動かないのを見て顔を顰めた。

「この野郎――っ」

言い様、銃で立夏を殴ろうとしたが、その体は真横から体当たりをした東尋坊に吹き飛ばされた。東尋坊は正樹を俯せにすると、背中を踏み、腕を捻り上げた。鈍い音と濁った悲鳴が聞こえた。東尋坊が正樹の右腕を折ったらしい。

正樹は激しく体を捩じった。振りほどかれた東尋坊が壁に背中を打ちつけるのを見て、立夏は立ち上がり、正樹が落としたドラグーンを拾った。レバーを戻し、東尋坊に握らせる。正樹に狙いを定めたが、体を起こした彼はよろめき、さらに階段を転がり落ちて行った。

立夏は咄嗟に正樹を追いかけた。階段の途中まで駆け下りたところで、ずっと聞きたかった声が耳に飛び込んできた。

「立夏？　どうして……」

＊

何かが割れるような音は、他の三人にも聞こえたらしい。

恵里香が唇を緩めると、正樹が言った。

「見て来る」

陽子の返事を待たずに、正樹は部屋を飛び出して行った。

恵里香は忙しない呼吸を繰り返した。陽子が用心しながらこちらを窺っているのがわかったので、弱って動けないふりをしようと考えたのだ。それに、消耗しているのも事実だ。何が起きたのかわからないが、少しでも力を回復させておきたい。

人の叫び声のようなものが聞こえた。正樹の声ではない。恵里香の胸で心臓が高鳴った。言葉までは聞き取れないが、この低い濁った声は、東尋坊のものだろうか。

彼が助けに来てくれた？

だったらこのうえない希望だ。立夏も無事でいるに違いない。

しかし芽生えかけた恵里香の希望は、響いた銃声に掻き消された。東尋坊が撃たれたのではと不安になったが、正樹の銃には弾が入っていないはずだ。だったら今のは東尋坊が持ち込んだ銃に違いない。

人間が揉み合う激しい物音が聞こえる。誰かの声。恵里香の心はひきちぎられるように悶えた。短く不明瞭な音だったが、あれは東尋坊の声でも、正樹の声でもない、今この場にもっとも いて欲しくない人物の叫び声だった。

這うように体を動かしたとき、床に落ちているナイフに気づいた。銀色の刃物はテーブルの足元に転がっている。テーブルを挟んで立っている陽子からナイフは見えるだろうか。見えていなくても、手を伸ばしたら陽子に気づかれてしまう。

陽子の様子を窺うわけにはいかなかった。もし目が合ったら、陽子はきっと何かを察知してしまう。

視線を滑らせると、床に座り込んでいる茉菜と目が合った。茉菜にもナイフが見えており、目がせわしなくナイフと恵里香のあいだを行き来した。しかし茉菜がいる場所からは遠すぎてどうすることもできない。

一縷の希望を託して柳を見た。柳は目を開けていたが、天井を仰いだままだ。恵里香は柳の顔が腫れあがり、額の傷から血が流れ続けていることに気づいた。柳の手から離れた銃は、部屋のはるか遠くに転がっていて、拾うのは不可能だった。

もういちど、銃声が聞こえた。全員の意識が廊下に向かった刹那、恵里香はナイフを引き寄せ、手の下に隠した。テーブルの下に見える陽子の足が数歩、前へ出た。

茉菜が跳びかかろうと身構えたのが、体の緊張に見て取れた。

途端に陽子は動きを止めた。素早く茉菜を見据え、その視線を受けて怯んだ茉菜に向かって、陽子は杖を振り下ろした。乾いた音を聞いた瞬間、恵里香は床のナイフを左手で握りしめ、テーブルを乗り越えて陽子に躍りかかった。

「お姉ちゃん――！」

どうやって腕を動かしたのかわからない。利き手ではない腕を夢中で振るい、確かな感触を覚えた直後、手首を弾かれた。そこでやっと恵里香は陽子の状態を確認した。

陽子は喉を押さえて蹲っていた。指の隙間から赤黒い血が滴《したた》り、目は大きく見開かれ、現実を受け容れまいとしている。

「行って！」

陽子から距離を取りながら、茉菜が叫んだ。恵里香は床を蹴り、何度も転びそうになりながら部屋を出た。目の前の階段を正樹が落ちたところだった。

階段の途中に、眩しいくらいに懐かしい姿を見た。

「どうして……？」

呟くと、立夏がこちらを見た。立夏の顔に安堵が広がり、それから慌てるように階段を降りて来る。片手に持ったものを腰に押し込んでいたが、恵里香は立夏の手元を注視していなかった。

「無事ですか」

腕を摑まれた恵里香は思わず悲鳴をあげた。

立夏は恵里香の肩の傷に気づき、顔色を変えた。

絶句したまま自分の体のあちこちを叩いている。ハンカチでもなんでも血止めになるものを持っていないかと探っているのがわかり、恵里香は笑い出しそうになった。

「平気。弾が掠っただけ」

「弾？　撃たれたんですか」

「それよりも、何してるの。何でここに来たの！」

「あなたの夫だからです」

階段の上から低い声が響いた。

「動くな」

恵里香は見上げた。階段の踊り場で、東尋坊が拳銃を構えている。狙う先には、体を起こしかけている正樹がいた。

恵里香は咄嗟に立夏の腕を引き、正樹と距離を取った。立夏は恵里香を背中に庇い、正樹に向き合う姿勢を取る。そのとき恵里香は、めくれている立夏のシャツの裾から覗いている拳銃の柄のようなものに気づいたが、尋ねる余裕を失っていた。

東尋坊は階段を降りて来ながら素早く恵里香と立夏の状態を確かめ、すぐに正樹に目を移した。

「少しでもおかしなそぶりを見せたら殺すからな」

正樹は上半身を起こしはしたものの、自分に向いている銃口を見て動きを止めた。それから一瞬振り返って、立夏と恵里香に鋭い視線を送る。

恵里香が廊下に出て来たことで何かを察したようだ。素早く首を捻って、開け放たれたままの室内を見た。恵里香がいる位置からは見えないが、正樹からは倒れている陽子が見えたはずだ。恵里香の背筋が寒くなった。そっと自分の左手を見下ろすと、血がついたナイフを握ったままだった。

「立夏……」

声をかけたそのとき、部屋の戸口に茉菜が現れた。茉菜は立夏と恵里香を見て、ぱっと顔を輝かせた。そのままこちらへ歩み寄ろうとした茉菜に、正樹が飛びかかった。

東尋坊の制止の声は間に合わなかった。

縋るように伸ばした茉菜の指先が、助けようと前へ出た立夏の服を摑んだ。握り切れずに正樹の腕に倒される直前、茉菜は立夏の腰にあった銃の柄を摑んでいた。立夏が何かを叫ぶ。だが叫び声を聞き取るより速く、茉菜は正樹に向かって引き鉄を引いていた。

花火が弾けるような音が廊下にこだました。

受けた風圧と音に押されて、恵里香は背中から床に叩きつけられた。なんだこれは。ただの銃声ではない。耳がキーンと鳴って、頭がぐらぐらし、しばらく動くこともできなかった。

「――香……恵里香っ」

耳鳴りが引いて行くにつれて、東尋坊が呼びかける声が聞こえてきた。目を開けると、東尋坊が覗きこんでいた。恵里香は息を吐き、頭痛を堪えつつ体を起こした。

「今の……何……？　茉菜――立夏は……」

東尋坊を押しのけて二人がいたあたりを見る。そこには奇妙にひしゃげた人間の残骸と、茉菜を抱いて壁際で蹲る立夏がいた。立夏は茉菜の目を片手で塞いでいる。その仕草を見てようやく、恵里香は床に転がっている肉塊が正樹のなれの果てであることを理解した。

「立夏さん……？」

「見ないで、茉菜ちゃん。だめだ」立夏は囁き、恵里香に目で合図をした。

恵里香は立ち上がり、こびりつく頭痛と耳鳴りを振り払いながら茉菜を抱きしめた。茉菜は顔を上げようとはしなかった。

立夏と東尋坊が室内に入っていく。

恵里香は茉菜の肩を抱き、正樹の死体から顔を背けさせながら二人のあとに続いた。

リビングルームの床では、陽子が喉を押さえる指を血に染めたまま、横向きに倒れていた。繰り返している荒い呼吸の音が、風のように聞こえてくる。陽子は目だけを動かして恵里香を睨んだ。

恵里香と茉菜は、その眼差しを受けて同時に足を止めた。

恵里香は驚いた。こんなことになってもまだ、心の中には母親の叱責に怯える幼い自分が生きている。

「茉菜、ちょっとごめん」

恵里香は茉菜から離れて、左手のナイフを利き手に持ち替えた。

肩の傷のせいで指が痺れているが、握れないことはない。左手で扱うよりも楽なはずだ。

陽子に近づくあいだ、彼女はずっと恵里香から視線を外さなかった。まるで恵里香の胸中を見透かすようだ。恵里香は少しずつ自分の心が変化していくのを感じた。恐れに炎のような熱が点り、それが全体に広がって、淡い気持ちに変わっていく。愛情への変身だった。自分の精神を守るために脳が起こした防御反応であると言い聞かせても、陽子に頭を撫でてもらったときの喜びが蘇るのは止められない。

それでも進み続けた恵里香の左肩に、立夏の手が触れた。

「恵里香」

立夏が示したほうを見ると、血まみれの柳が床を這いながら進んでくる。恵里香は思わず身構えたが、柳は顔をあげて恵里香のほうに右手を差し伸べた。

「……ナイ……フ」

「柳？」

「寄越、せ」

恵里香がためらうと、柳は厳しい声音でもういちど叫んだ。

「寄越せっ」

立夏が恵里香の手からナイフを奪い、柳の手元に放った。そして恵里香の左腕を掴み、さがらせる。

柳は背中で息をしながらナイフを拾った。そのまま手足の使い方がわからない獣のようにばたつき、陽子の傍らに迫った。ナイフを握るが、頭部に受けたダメージのせいか腕が震え、結局ナイフを落としてしまった。

そんな柳に、立夏はそっと歩み寄った。

「立夏？」

呼びかけた恵里香を振り向きもせず、立夏は膝をついて柳に囁いた。

「銃なら使えますか？」

柳は立夏を見た。何を考えているのか読み取れない、淀んだ目だった。それでもしっかりと答えた。

「……使える」

立夏は部屋の入口を振り返った。

恵里香も引っ張られるように立夏の視線を追った。そこには銃を持った東尋坊がいて、彼も一瞬躊躇を見せたが、思い切ったように立夏に近寄って銃を渡した。

立夏は銃を柳の右手に握らせた。

「弾は残り三発です。撃鉄を引かないと発砲はできません」

柳は笑ったように見えた。

「陽子の……脚……」

「脚？」

「右の、義足の、なか」

立夏ははっと目を見開いて、恵里香を振り返った。恵里香は反射的に頷いた。

立夏はまだ息がある陽子に近づいた。陽子がわずかに腕を動かした。

「気を付けて」

思わず声を掛けた。

立夏はこちらに視線を向けて微笑み、陽子のスカートをめくり上げた。本物の脚と見分けがつかない、精巧な義足が現れる。立夏が義足を外そうとすると、陽子はさっきよりも強く身じろぎした。しかし立夏は、素早く義足を取り上げてしまった。

外した義足を逆さに振ると、中からＳＤカードが零れ落ちた。

ＳＤカードを拾った立夏は柳を振り返り、彼の手を拳銃ごと握った。

「――ありがとう」

柳はもういちど、さっきよりも弱々しい微笑みを見せた。

立夏は振り返り、踏み出した恵里香を全身で止めた。茉菜が寄り添うように恵里香の背中に手を置く。

力を振り絞るような柳の訴えが聞こえた。

「あと、で、始末を、頼む。始末の、し、仕方は、任せる――」

「わかった」

東尋坊が答え、立夏の背中を押した。ひとかたまりになって、恵里香たちは廊下に出た。通路を渡る一瞬、茉菜が正樹の死体に目を向けた。あっと思った恵里香だったが、茉菜はそっと目を瞑り、顔を背けた。ふたたび瞼を開いたとき、茉菜の瞳には強い光が宿っていた。

階段を降りて正面玄関から外に出る。

相変わらず通行人はいない。それでも立夏は、恵里香の肩に腕を回して傷を隠そうとした。立夏の指は傷口に触れないよう少し浮いていた。

歩き出したそのとき、乾いた銃声がいちど聞こえた。

恵里香は歩きながら目を閉じた。

少しの間を置いて、もう一発。

どちらも儚い響きだった。

思わず足を止めた恵里香に、東尋坊が言った。

「風花が車で待ってる。いったん引き上げて、俺と風花だけで戻って来る」

死体の処理のために、とは続けなかった。

「あんたたちは、詩乃たちと一緒に《やまなみ》で待っててくれ」

恵里香は足を止めた。

「詩乃、たち？」

立夏に目で尋ねると、彼はそっと頷いた。

「ホクト君が一緒なんです」

「あの子が生きてるの？」

「たぶん、柳が逃がしたんだと思います。君と馬車道駅で別れてすぐ、僕のところに来ました。君の居場所を教えてくれたのも彼です。僕たちは正樹さんの手配だと考えましたが、実は柳がしてくれたことだったんでしょう。君が僕を置いて行ってしまうことも、柳は予測していた……」

立夏は迷う様子を見せたが、口にした。

「もしかしたら柳は、君が被害者を助けていたことも知っていたのかもしれません。いつかこんな日が来ることもわかっていて、君を守るために準備をしていたとしたら……」

耳から入ってきた情報を恵里香は頭の中で整理した。すべてが繋がったとき、恵里香の体の中心を衝撃が貫いた。膝から崩れ落ちる体を立夏が支える。恵里香は立夏の胸に縋りつき、泣きながら「どうして」と繰り返した。

背中を抱かれる感触がした。

「すみません、東尋坊さん。茉菜ちゃんを連れて先に行ってください。僕たち二人だけにしてください。……少しだけ」

終章「蜜月」

八月に入って暑さは急速に増したようだ。日差しは輝く水のようにたっぷりと降り注ぎ、二棟ある赤レンガ倉庫のあいだの広場を川のように照らしている。狂暴な熱気のなか、観光客は海辺を目指して速足になっている。

休日の赤レンガ倉庫内は混雑していた。賑やかなおしゃべりが、東尋坊がいる喫茶店にも流れている。

窓際の席に陣取った東尋坊はコーヒーに口をつけた。

『東尋坊』だなんて。本当なら死んでいたはずの自分への皮肉のつもりでつけた名前だったが、人に呼ばれ続けるうちに馴染んでしまった。本当の名前を覚えてはいるが、最近は頭の中で唱えることもしない。

気配を感じたので、顔を上げた。

テーブルの隙間を縫うように一人の青年が近づいて来る。

良く言えば穏やかな、意地悪な言い方をすれば気が弱そうな青年は、東尋坊に微笑みかけてテーブルの向かいに腰を下ろした。

「元気そうだな」

「元気ですよ」立夏は潑剌と答えた。「忙しいけど、毎日楽しいです。恵里香がとても幸せそうなので」

店員にレモンスカッシュを頼んだ立夏は続けた。

「隠し事がなくなったせいでしょうね。これまでは僕に対して、うしろめたさのようなものを感じていたのでしょう。最近の彼女は以前よりもきれいになりました。僕にも遠慮がなくなって、いい加減に敬語はやめてと言うんです。でもね、これだけはなかなか……」

話したくてたまらないといった様子だ。東尋坊はもういちどコーヒーを飲んで、苦味を味わいながら、この二週間のできごとを回想した。

いったん《やまなみ》に引き上げた東尋坊たちは、夜を待ってビルを再訪した。風花は茉菜と詩乃、そして北登と共に残ったが、立夏と恵里香は同行した。恵里香には肩の傷もあるのだから残るように言ったのだが、本人が「結末を見届ける」と言い張り、立夏もそのほうがいいと寄り添った。

立夏は恵里香に陽子たちの遺体をどうしたいか尋ねた。

「陽子さんは冷凍設備を持っていますね。そこへ入れて、遺体を見つからないようにするか、それともどこかに埋葬するか。どちらでも、君がしたいと思うようにしてください」

あのとき立夏が言った『見つからないようにする』とは、かつて恵里香が強要されていた、凍らせた遺体を砕いて海に捨てる作業を指していたのだろう。あんなことは二度とやりたくないはずだが、だからといってどこかに埋めるとしたら、いずれ発見される危険と隣り合わせだ。なにより、遺体がいつまでもそこにある事実から逃れられない。

長いこと考えこんでから、恵里香は告げた。

「あなたの土地に埋めさせてほしい」

これには立夏も驚いた様子だった。

あそこには恵里香にとって忘れたいはずの思い出が詰まっている。遺体を埋葬してしまえば、これから先、土地を手放すこともできなくなる。

「……どうして？」

「私があなたに何をしたのか、あなたが私に何をしてくれたのか。ちゃんと覚えていたいの。それに、柳にはお花をあげたい。柳のお墓だけ作っても、忘れられないのは変わらないから、それなら全員のお墓を作りたい。駄目かな……？」

「わかりました。そうしましょう」

三人の遺体を車に詰め込み、秩父まで走らせた。深い沈黙の中、立夏、東尋坊、そして恵里香の三人で遺体を埋めた。ＳＤカードは石で砕き、残骸は炎に投じ、跡形もなく破壊した。

最後に立夏は、一発だけ残っていたドラグーンを夜空に向けて撃った。追悼のための弔銃《ちょうじゅう》のつもりだったのだろう。深い森に響いた銃声は、ビルを出たあとに聞こえた音よりも、しとやかだった。

《やまなみ》に戻ったのは明け方近く。北登は眠っていたが、詩乃と茉菜は、風花と共に起きて待っていてくれた。皆で作ったという温かいスープを飲みながら夜明けを迎えた東尋坊は、ひとつの区切りを迎えた気分になった。

その後、東尋坊と風花で陽子の素性を調べた。すると案外簡単に陽子の本名がわかった。豪とは戸籍上も夫婦で、あのビルの所有権はきちんとした法的手続きをしたうえで陽子のものになっていた。横浜のカフェ兼住宅も同様である。ただし、子供の誰も、陽子たちの戸籍に入ってはいなかった。それぞれが元の家庭から、まったく別の家族の養子に迎えられたことになっており、しかも養子先の家族はすべて亡くなっていた。

調べていく過程で、恵里香の本名もわかった。

だが立夏が今も恵里香と呼び続けているからには、昔の名前に戻るつもりはないのだろう。

詩乃と北登は当分、風花が預かることになった。北登だけはどうにか親元にと考えはしたけれど、北登の実親の様子を見に行った東尋坊は、風花のもとにいるほうが幸せと判断した。

考えた末に、警察には届け出をしないことにした。いずれビルとハーブショップの持ち主である陽子の不在は世間に知られるだろうが、警察が恵里香の元を尋ねてきたら、昔ハーブショップでアルバイトをしていたが辞めて、それからのことはわからないと答えればいい。カフェが家族経営であったことを知る人間は少ないのだ。

あのできごとがあった日から一週間後。

恵里香の傷の具合も良くなったので、二人は自宅マンションに戻った。

「恵里香は新しい働き口を探しています。僕の仕事場の近くのカフェが人を募集していたから、そこの面接を受けるかもと言っています」

「……カフェでいいのか。以前と似たような勤め先だと、いろいろ思い出すんじゃないか」

「記憶を塗り替えられる、と恵里香は言っていますよ。同じ職種だからこそ、前に進めている実感を持てるって。それに、もともとカフェのようなところが好きなんだそうです。人が集まって、賑やかな、明るい場所だから」

レモンスカッシュが運ばれてきた。立夏はストローで氷を突き、音を立ててすすった。

その音が止むのを待って東尋坊は切り出した。

「ぎりぎりだったな」

「何がです？」

「芝居さ。最後の」

立夏はストローを舐めた。優しい青年の面差しに影が差し、薄暗くなった表情の中で、瞳だけが月のように輝いた。

寒気と戦いつつ、東尋坊は続けた。

「おまえ柳に、わざとあんな台詞を言ったんだろ。柳がナイフを落としたのを見て、『銃なら使えますか？』なんて」

「あなたにしかバレていないでしょう？　それに、柳も承諾してくれたじゃないですか。笑って、全部呑んで死んでくれた」

テーブルに置いたままにしておいた手を東尋坊は無意識に握りしめた。膨れ上がった恐怖は内側から漏れ出しそうなほど成長している。

「……いつから、柳を」

「わりと最初から」

「怖い男だな」

「あなたにそう言われるのは何度目でしょうね」

「初めて会ったときにも言ったな」

立夏はグラスの中の氷を鳴らした。

「そうでした。あれは僕が中学生の頃でしたか。あなたは今より若くて、とてもハンサムでした。僕の母親が連れて来た男の中では、マシな部類でしたよ。あ、今でも、渋くてかっこいいと思いますけど」

東尋坊は乾いた声で笑った。

そうか。そんなに昔になるのか。

初めて立夏と出会った頃、東尋坊は街のチンピラを相手に武器を融通する商売をしていた。主な商品は拳銃と実包だ。時には密輸の薬品を扱うこともあった。麻薬の合成に使うためだ。

そんな頃に知り合ったのが立夏の母親だった。長い黒髪が美しい、すらりとしたスタイルの美人だった。女は、あたしは男運がないと言っていた。付き合った男はみんな死んじゃうか、急にいなくなる。ただの冗談だと思って聞いていた。立夏に出会うまでは。

いつも通り外国製の密造銃を売りさばき、帰るときだった。東尋坊の車の横に見知らぬ少年が立っていた。夜のことで、あたりは暗かったが、その顔立ちはどこか見覚えがある気がした。

どけ、ガキ。

夜遊び中の子供だろうと、適当にあしらった。運転席に座り、エンジンをかけようとしたそのとき、少年が言ったのだ。

——車は動かさないほうがいいよ。ブレーキを利かなくしたから。

東尋坊が手を止めると、少年はドアを開け、いきなり東尋坊の首に何かを押し付けた。

すさまじい激痛が奔り、体が硬直した。気絶しないのが不思議なほどの衝撃だった。

——ちょうどいい電気ショックでしょう。ぼくが作ったんだ。

そう言って少年は、細長い筒状の金属を見せた。先端が尖っていればボールペンに見えたかもしれない。

動けない東尋坊をガラスのような目で眺め、少年は不気味な口調で言った。

——あんたさ、ぼくの母さんに手を出してるだろ。

今の立夏と、あの頃の立夏。

もっとも違うのはその喋り方だ。昔の立夏も乱暴な言葉遣いこそしなかったものの、ざらついた舌で相手の頬を舐めるような、不気味きわまりない話し方だった。そういえば彼の母親も、息子がいるけど、あの子はなんだか気味が悪いの、と言っていた。あたしのことを大好きだと言うのだけど……。

立夏は動けない東尋坊の足首に、金属の輪を嵌めた。そして東尋坊を脅し、東尋坊の塒《ねぐら》まで案内させた。その部屋で、少年は東尋坊が売りさばく実包の選別や薬品の小分けに使う作業机に陣取り、しばらくは興味深げにそのへんを弄《いじ》り回していた。ほどなくして回転イスをきしませ、部屋の片隅に座り込んでいた東尋坊に向き合い、言ったのだ。

——さて。仕事を始めてもらおうか。今から言うことをよく聞くんだよ。

その出来事の直後、東尋坊は立夏の母親とは別れた。そうしろという、立夏の命令だったからだ。東尋坊は悟った。彼の母親の相手の命を奪っていたのは、この息子だと。

なぜ俺は生かしておくんだ？

尋ねた東尋坊に対して、少年の答えは明白だった。

——あんたは母さんに愛されていなかったから。母さんがそう言ってた。こんどの相手は、お金離れがいいから付き合ってるだけだって。それに、あんたの仕事は、ぼくの役に立ちそうだ。

数年後、立夏の母親は死んだ。車に轢かれたというが、真相はわからない。

その頃にはすでに東尋坊は、立夏が製造した、使いようによっては一般の銃よりも危険な武器の類を売る仕事に転向していた。そのなかに、陽子と豪夫婦もいた。

立夏は武器作りに関しては天才だった。東尋坊は必要な材料を手に入れてやるだけだ。

彼に言わせると、爆発物や銃などの製作は難しくはない。インターネットからでも、図書館にある本からでも知識は得られる。立夏が『ほんの少しのアイデア』と呼ぶ、凡人から見れば驚異的な思いつきで、武器のバリエーションは増えていった。

そうして作られた武器は、買った相手が内部の構造を調べることができない工夫もされていた。無理に開けようとする、あるいは使用後に、内部が焼けたり溶けたりして、決して真似されない仕掛けを施していた。

そうしたものをなぜ立夏が作り、東尋坊に売らせるのか。その質問に立夏は「わからない」と答えた。作れるから作る。売れるから売る。でも「なぜ」と問われると。それでも、できた物は売りたい。自分のような子供には売るためのルートが確保できないから、東尋坊にやらせている。

東尋坊の心に風のような感情が吹き込んだのはそのときだ。

もとよりそんな稼業をしてきた東尋坊は、心が壊れている人間を山のように見てきた。けれど立夏は、それまでに見てきた連中とは何かが違うように思えた。時折、ふとした瞬間に、立夏が幼い子供のまま成長していないように見えることがあった。彼が人を傷つける武器を作るのは、もしかしたらそういった武器に金を払う連中、この世界の薄暗い部分に生息している人間同士を戦わせ、共倒れさせて、少しでも減らそうと考えているからではないかと思った。薄暗い世界で潰し合っている人間がいなくなれば、薄暗い世界もまたなくなる——もちろんそんなに都合よくはいかない。暗闇はいくらでも湧いてくる。本人もわかっているけれど、何もせずにはいられない。寂しさばかりをもたらす世界に、彼なりのやりかたで爪を立てている。そんなふうに見えた。

そうしているうちに、少年は青年になった。東尋坊は次第に、彼に使われることに慣れていった。本人には言えなかったが、心の片隅には立夏への庇護欲のようなものも感じるようになった。

そんな頃だった。

東尋坊は陽子の思惑によって殺されかけた。恵里香に助けられ、逃げ帰った東尋坊から話を聞いた立夏は、一家がカムフラージュのために経営していたカフェ兼ハーブショップを訪れることになる。

東尋坊は、立夏は陽子たちを殺すだろうと思った。恵里香と再会する約束をしていることなど、当時は言えなかった。ただあの親切な娘だけは助けてくれと立夏に懇願し、立夏は「考えておく」とだけ言った。

しかし、戻って来た立夏は不思議な表情を浮かべていた。目が覚めているのに夢の中を彷徨うような。幸福に取りつかれて、身動きができなくなっているような。

立夏は東尋坊から、陽子たち一家の情報を根掘り葉掘り聞き出した。

なんとかして恵里香ともういちど会えと言われたので、警戒心を抱きつつ、恵里香と交わした約束の件を打ち明けた。立夏は満足げに、そのまま行動するように命じた。ただし、立夏の存在は伏せて。

「あなたから話を聞いたときから、僕は恵里香に興味を持っていました。相手がまだ死んでいなかったとわかった瞬間、『逃げて』と言える女性。あのときすでに、僕の中で何かが始まっていたのかもしれません」

立夏は頬杖をついて遠い目をした。

「店まで行った日、僕は青い蝶を逃がす恵里香を見ました。……あなたから聞いた話だけでも、恵里香がひどい目に遭ってきた女性だということはわかる。それなのに彼女は、指先ほどの蝶を大切にした。僕とあまりに違う。僕は自分の歪みを世界のせいにして、醜い人間に成り下がってきました。でも恵里香は、小さな蝶の命を慈しむ心を持っていた。それがどんなに強くて美しいことか、彼女は知らないでしょう。僕は恵里香を見た瞬間に悟りました。僕はこのひとを傷つけるなんて絶対にできない。だけど彼女に殺されるとしたら、喜んで死ぬだろう。僕が落ちた恋は、僕を根本から変えてしまうものでした」

そこからの計画は蜘蛛の巣のように緻密で、どれひとつが切れても台無しになったはずだ。

東尋坊は立夏の言うなりに動いてはいたが、知らないことも多い。

「……いくつか訊いていいか？」

立夏は「どうぞ」と目で微笑んだ。

「正樹と茉菜が用意したスマートフォンのこと、おまえは知っていたのか？」

「柳から聞いていました。柳は茉菜ちゃんの変化に気づいて尾行し、スマホを隠すところを確かめて、僕に報告してくれました。いちおう教えておきますと、僕と柳はじかに会ってやりとりをしていたんです。あなたと恵里香がしていたことに近いですね。柳はもともとああいう青年ですから、一時間くらい姿は見えなくても誰にも気にされなかったし、僕も仕事場を留守にしても、いくらでも言い訳ができますから」

「馬車道駅で北登とおまえが落ち合えたのは？　あのあたりには他の駅もあるし、柳たちが北登を乗せた車をべつの場所に停める可能性だってあったはずだ。どうやって柳は、おまえのいる馬車道駅に北登を向かわせたんだ？」

「もともと打ち合わせてあったからです。柳が僕の居所を探したんじゃなくて、僕があらかじめ、恵里香を馬車道駅の近くまで誘導すると言ってあったんですよ。焦っているときなら、さりげなく手を引っ張られるとそっちのほうに向かうでしょう。あとは柳が、適当な理由を言って馬車道駅の近くに車を停めればいい」

「北登が殺されかけるのも予想した？」

立夏は思い出そうとするように首を捻った。

「そうなるだろうな、くらいには」

「恵里香が、おまえを置いて一人で行くかもしれないとも？」

「そっちは確信がありました。恵里香は優しいから。でもあの手紙は、本当に嬉しかったなあ」

立夏はうっとりと笑い、東尋坊が質問するより先に、なぜ陽子が始まりの場所で恵里香を迎えるとわかったのかについても話した。それこそ単純な話で、子供たちの心に圧力をかけようと思ったらあのビルになる。そう考えたそうだ。

「茉菜がカンプ・ピストルで正樹を撃ったのは？」

「それだけは予想外でした。けど、茉菜ちゃんが僕の腰からカンプ・ピストルを抜いたとき、僕は止めようとは思いませんでした」

東尋坊は自分のコーヒーカップに手を伸ばしたが、指が震えて持てなかった。

「……柳は、なぜ」

「僕の言うことを聞いたか？　簡単ですよ。僕が恵里香の想い人になったからです」

「柳は、恵里香のことを？」

立夏は頭を振った。

「彼は、茉菜ちゃんを。柳も僕とおなじで、愛する女性の幸せを願うあまり、相手に何もできなかった。茉菜ちゃんは正樹に恋をしていたから。でも正樹の洗脳は魂の芯にまで染み込んでいた。柳は悶々としていたと思いますよ」

「おまえが、柳の気持ちを見抜いたのは？」

「はじめて恵里香の家族に紹介されたときです。柳が茉菜ちゃんを見る目。本人は隠そうとしていたのかもしれませんが、僕には通じませんでした。あのまなざしは、僕が毎朝鏡の中に見るものでしたから」

「だから、利用したのか」

立夏は微笑んだ。

「ええ」

「陽子が子供たちを疑って、罠を仕掛けたのも、おまえの計画か？」

「まさか。それは向こうのシナリオです。むしろ利用させてもらいました。外部の男である僕が恵里香と親しくするのを邪魔しなかったので、これは何かしようとしているな、と用心していたんですよ」

震える手を握り込んで、東尋坊は想像した。

子供たちが自分に逆らわないか試そうとした陽子。そしてその企みに、茉菜と恵里香は気づかず乗ってしまった。だが陽子も、まさか柳が立夏のスパイになっているとは思わなかったのだ。

「柳から逐一、陽子の動きは聞いていました。すべてが見えたときはチャンスだと思いましたよ。このままではいつか恵里香は、僕から逃げてしまうかもしれない。僕に誠実でいようとしてくれる彼女の罪悪感を取り除くには、恵里香が自分の意志と力で敵に立ち向かう必要があります。これは絶好の機会だ、と」

「……だからって、おまえに言われるがまま死ぬなんて」

「言ったでしょう。柳も僕とおなじです。ただ柳は、愛する女性に愛してもらえなかった。恵里香が不幸になれば茉菜が悲しむ。僕が恵里香の夫になった時点で、柳は完全に逃げられなくなったんです。でも僕だって、恵里香のために茉菜ちゃんを守る。柳にはそれがわかっていたから、僕にすべてを託して死んでくれたんです」

東尋坊の握りしめた手から温度が引いていった。

「これは恵里香から聞いたんですけど、柳は恵里香たちの犯行現場を撮影するとき、恵里香ばかり映していたそうです。僕はもちろん実際の映像を見ていませんが、それは柳が肉眼で茉菜ちゃんを見つめるために、カメラをずらしていたせいでしょう」

「おまえはそれでいいのか？」

「僕？」立夏はきょとんとした。

「惚れた女を騙すような真似をして。胸は痛まないのか」

自分の心臓のあたりを、立夏は探った。

「痛い、ですけど。僕がしたことを知らないほうが、恵里香は幸せでしょ？」

着信音が鳴った。

立夏はグラスを置いてスマートフォンを取った。彼のスマホは、放置したままになっていた車の中から見つかったが、念のために機種変更したと聞いている。

「恵里香から？」

「いえ、溝口さんから。メッセージです」

「溝口――」

立夏はぽちぽちとスマホを弄り始めた。

「外国人墓地で僕と会っていた相手」

「おまえの『友達』か」

含みをこめて言ったのに、立夏はにっこりと笑った。

「こまめに連絡をくれるんです。彼、あのコインを売ったお金でやっと自立したんですよ。今はアルバイトをしながらアパートで暮らしていて、自動車の大型免許を取るために勉強しているそうです。友達にはこういうふうにするんでしょ？　ふつうの男には、友達くらいいなくちゃね」

「おまえは……」

「怖い男です。はいはい」

東尋坊はそっと笑い、メッセージを打ち続ける立夏と、出会った頃の立夏を比べた。

今の立夏は生きることに不器用な、やさしい青年にしか見えない。実の母親にさえ気味が悪いといわしめた口調も、ガラスのような眼差しもない。世界に突き立てていた爪は、柔らかな指の奥に隠している。見事な化け方だと思ったこともあった。《やまなみ》で、立夏が友達に持って来させたボール箱の中から、さも東尋坊の紙袋に入っていたかのようにカンプ・ピストルを寄越したときなど、改めてぞっとした。

だが、やっとわかった。立夏は化けているのではない。この男は本当に変わった。自分の力を誰かを守るために使うなんて、昔の立夏だったら考えもしない。やがては東尋坊に見せた恐ろしい面はすべて、水底に沈む遺跡のように沈黙していくことだろう。

立夏はスマートフォンを置いた。

「じゃあそろそろ、あれ、外してあげますよ」

東尋坊は思わず息を呑んだ。

「何を驚いてるんです？　もう必要ないでしょう」

立夏は目でテーブルの下を指した。

頷いたものの、東尋坊は表情を取り繕うことができなかった。

立夏は東尋坊のコーヒーに添えられていたスプーンを、テーブルの端から指ではじき落とした。

スプーンは床に落ち、小さな音を立てた。だが賑わう店内で、誰もこちらに気付いていない。

「おっと」

わざとらしく言って、立夏は床に蹲った。

東尋坊はそっと右足を彼のほうへ寄せた。ズボンの裾がまくられ、靴下が下ろされる。

立夏の手が足首に触れた。

頼むからこれが済むまでは誰も話しかけないでくれと、東尋坊は心の中で唱えた。

二分はかかったろうか。

立夏が、テーブルの下から現れた。スプーンを持った右手とは逆の手に、銀色の輪のようなものを隠している。

「長いあいだ、ご苦労様でした。あなたは自由ですよ」

なんと答えたら良いかわからず、東尋坊は目を逸らした。

たった今、東尋坊の足首から外されたのは、恵里香や茉菜が着けられていたのと同じ、時限式の爆発物である。あれも東尋坊が売ったものだが、作ったのは立夏だ。ついでに言えば東尋坊が嵌められていた足輪には、恵里香たちのものにはない機能がついていた。

一定の時間が経ったあとに立夏自身がふたたびタイマーをセットしないと、東尋坊の足首を破壊する仕組みだ。立夏と出会った夜、隙を見て素早く装着された。そんなものを着けられて、東尋坊は立夏を殺すことも、逃げることもできなくなった。足輪を外す方法も、爆発のタイムリミットを延長するやり方も、立夏しか知らないのだから。

立夏は腕時計を見た。

「何か用事か？」

「このあと恵里香と会うんです。もちろん茉菜ちゃんも来ます。茉菜ちゃん、今は一人にならないほうがいいから、しばらく一緒に暮らそうってことになってて」

立夏はほがらかに笑った。

東尋坊はコーヒーの残りに口をつけた。

コーヒーと一緒に、話題も減ってきている。寂しさが胸を掃いた。半分
待ち合わせの約束があると言いながら、立夏はなかなか席を立とうとしない。半分になったレモンスカッシュに沈む氷を、ストローで揺らしている。

まだ何か言いたいことがあるのだろうと、東尋坊は待った。

ずいぶん経ってから、立夏は呟いた。

「……結婚は人生の墓場っていうじゃないですか。本来は悲しい意味なんでしょうけど、僕と恵里香には、お互いの過去と嘘を埋葬するための墓が必要でした。だから、この結婚から人生を始めます」

東尋坊は動かしかけた唇を結び、黙って微笑んだ。

立夏も小さな笑みを浮かべ、席を立った。

残された東尋坊は背中をまるめた。なんだか一気に歳を取ってしまった気分だ。

窓の外を見た。日差しが照り付ける広場を、立夏が駆けていく。その先の日陰に、黄色いTシャツとパンツ姿の恵里香と、青いワンピースを着た茉菜がいた。二人とも立夏に手を振っている。笑顔だ。

東尋坊は頬を擦った。

たぶん俺は今、結婚式に参列する父親の顔をしている。子供の門出を見送り、幸せ

な未来を祈り、自分の老いを実感する。そんな瞬間が人生に訪れるとは思ってもみなかった。

カフェのスタッフが近づいてきて、尋ねた。

「コーヒーのおかわりはいかがですか?」

東尋坊は眩しい窓辺から顔を背けた。

「ありがとう。もらうよ」

解説

大矢博子（書評家）

奥様の名前は恵里香。旦那様の名前は立夏。

ごく普通のふたりは、ごく普通に恋をして、ごく普通に結婚しました。

でもただひとつ違っていたのは、奥様は殺し屋だったのです――。


本書『ウェディング・マン』の始まりを往年の人気ドラマ風に紹介すると、こうなる。けれどこれは正確ではない。実はふたりも、ふたりの恋も、結婚も、決して「ごく普通」ではなかったことが次第にわかるからだ。

その「次第にわかる」過程こそが本書の魅力なのだが、まずは物語のアウトラインを紹介しておこう。

立夏と恵里香は結婚して四ヵ月。本来なら幸せいっぱいの時期のはずだが、立夏にはとある懸念があり、恵里香を尾行することにした。実家のカフェから出てきた恵里香は妹の茉菜と一緒に山奥へ向かう。そして従兄弟の柳と合流した彼女たちは車のトランクから拘束された若い女を引き摺《ず》り出し、恵里香が女の首筋にナイフを突き立てた！　だが、立夏の叫《ひ》び声に恵里香の手が止まり、刺されたはずの女はその場から駆け出した――。

というのが本書の導入部である。

これより前に、仕事場で友人と語り合う立夏の様子が描写されている。常に敬語を使い、ちょっと浮世離れした感のある立夏のキャラクターが浮かび上がる。知的で、穏やかな幕開けだ。そこから急転直下、姉妹・従兄弟という親族による共犯での殺人という唐突な展開が待ち受けるわけで、「えっ？」と戸惑う読者も多いだろう。

この「えっ？」は一度で終わらない。現場を目撃された恵里香はなぜかそのまま立夏とともに逃亡。そして驚くべき「家庭の事情」を立夏に明かし、茉菜と一緒に殺し屋の「家族」から解放されたいと告げる。

物語はここから、恵里香の「親」に対するクーデターと、それに巻き込まれることを自ら選んだ立夏を中心に展開していく。

日野草は第二回野性時代フロンティア文学賞を受賞した『ワナビー』（KADOKAWA）で二〇一一年にデビュー。ネットの動画配信サービスに現れた謎のアイドルによる「暴露」を描いたエンターテインメントだった。

著者の名前がミステリファンの間で注目されたのは、冷徹な復讐代行業を描いた受賞後第一作『GIVER』（二〇一四年・KADOKAWA↓角川文庫　文庫化にあたり『GIVER　復讐の贈与者』に改題）だ。その続編『BABEL』（二〇一五年・同）収録の「グラスタンク」は日本推理作家協会賞短編部門の候補になり、次の『TAKER』（二〇一七年・角川文庫）が刊行された翌年には、このシリーズが吉沢亮主演でドラマ化された。

これと並行して、日野草は精力的に作品を発表。『BABEL』の次に出たのが、悲しい恋の後始末をする恋愛便利屋の女性を主人公にした『恋愛採集士』（二〇一六年・幻冬舎）と本書である。

デビューから『恋愛採集士』までの作品を見てみると、ふたつの共通点があることに気づく。

ひとつは、いずれも主人公が正体を隠し、他の誰かのふりをしている物語である、ということだ。「GIVER」シリーズも『恋愛採集士』も連作短編の形をとっており、主人公は毎回別の人物・別の設定で登場、途中でその正体が明かされるという趣向になっている。現時点での最新作『CAGE　警察庁科学警察研究所特別捜査室』（二〇二〇年・中公文庫）にも引き継がれているこの手法は、著者の得意技と言っていいだろう。

主人公や他の主要人物による「演技」が、登場人物のみならず読者をも惑わせる。注目すべきは彼らがその「演技」によって他者をコントロールする様だ。自分の望む方向に他者を誘導する様々な方法と、そこに誘導するのが目的だったのかとわかった瞬間のサプライズとカタルシスが大きな読みどころである。

もうひとつの共通点は、予想外の方向から飛んでくる鮮やかな逆転劇だ。意外な展開、意外な結末というのはミステリの必須条件と言ってもいいくらいだが、日野草による意外性は予想の斜め上を行く。いや、そもそも設定からして一筋縄ではない。復讐代行業、恋愛便利屋、そして本書は殺し屋家族。この後に発表された『死者ノ棘《とげ》』（二〇一七年・祥伝社文庫）は死神だし、前述の『CAGE』はAI刑事である。ただでさえ現実離れした設定なのに、その設定を絶妙に利用した仕掛けには驚くばかり。

本書『ウェディング・マン』も、そのふたつの特徴が十全に詰まっている。いや、詰まっているどころか炸裂している。殺し屋なのに普通の女性の演技をしていた恵里香。しかし演技をしているのは彼女ひとりではない——とだけ言っておこう。誰かの正体がわかるたびに、あるいは誰かが誰かを裏切るたびに、物語の構図は逆転する。続けざまに仕込まれたサプライズ。読み終わったときには、序盤の展開からはまったく予想だにしなかった場所に到達しているはずだ。

だが決して設定ありき、サプライズありきの小説ではない、ということも声を（文字を？）大にして言っておかねばならない。殺し屋家族という奇妙な設定に加え、次から次へと出て来る秘密兵器（棒付きキャンディーの柄の先から毒針が出てくるなんて！）、終盤の手に汗握るアクションなど、本書を構成する要素はまるで劇画張りだ。だが畳み掛けるような非日常の根底にあるのは、マインドコントロールされていた「子ども」が「親」の呪縛から離れようとする戦い、すなわち自分を見つめ直し自分を取り戻すという普遍的な戦いなのである。

先ほど私は、日野草の作品の特徴は「演技」によって他者をコントロールする様にあると書いた。本書はそれ自体が物語のテーマになっているのだ。子どもたちをコントロールして殺し屋に仕立て上げた「親」はもちろんだが、それ以外にも本書には「演じる」ことで他者をコントロールする様子が複数登場する。恵里香は「親」に逆らって自由を手に入れようとするが、他のケースはどうか、どうかじっくりと読み解いていただきたい。コントロールされていることに気づかない者、気づいても現状を続ける者、コントロールしているつもりがされていた者など、いくつかのパターンがあることに気づくだろう。

演技をしていたのは誰か。その正体は何だったのか。それがわかったとき、人が人をコントロールするということの真の恐ろしさが浮かび上がってくる。『ウェディング・マン』はそんな物語なのだ。これは「演技で他者をコントロールすること」を描き続けてきた著者の、ひとつの里程標的作品なのである。

そんな中で、最も他者をコントロールする力に長《た》けているのは、日野草その人であることは論を俟《ま》たない。今回の文庫化に当たり、著者は作品に大きく手を入れた。単行本で読まれた方も、ぜひ今一度手に取ることをお薦めする。読者を思うがままにコントロールするその手管に、存分に翻弄されていただきたい。

本書は二〇一六年七月に小社より単行本として刊行され、
文庫化にあたり、加筆修正しました。
なお、この物語はフィクションであり、実在するいかなる
場所、団体、個人等とも一切関係ありません。

|著者| 日野 草　1977年東京都生まれ。2011年『ワナビー』で第２回野性時代フロンティア賞を受賞しデビュー。『GIVER　復讐の贈与者』が本の雑誌増刊「おすすめ文庫王国2017」国内ミステリー部門１位に。同作と『BABEL』『TAKER』からなる「復讐の贈与者」シリーズは連続ドラマ化され、話題になる。『BABEL』収録の「グラスタンク」で、第69回日本推理作家協会賞短編部門候補となる。他の著書に「死者ノ棘《とげ》」シリーズ、『恋愛採集士』『そのときまでの守護神』『CAGE　警察庁科学警察研究所特別捜査室』などがある。

ウェディング・マン

日《ひ》野《の》 草《そう》

講談社文庫

定価はカバーに
表示してあります

2020年６月11日第１刷発行

発行者――渡瀬昌彦
発行所――株式会社　講談社
東京都文京区音羽2-12-21　〒112-8001
電話　出版（03）5395-3510
　　　販売（03）5395-5817
　　　業務（03）5395-3615

デザイン―菊地信義
本文データ制作―講談社デジタル製作
印刷―――豊国印刷株式会社
製本―――株式会社国宝社

Printed in Japan

ISBN978-4-06-520035-3

講談社文庫刊行の辞

二十一世紀の到来を目睫に望みながら、われわれはいま、人類史上かつて例を見ない巨大な転換期をむかえようとしている。

世界も、日本も、激動の予兆に対する期待とおののきを内に蔵して、未知の時代に歩み入ろうとしている。このときにあたり、創業の人野間清治の「ナショナル・エデュケイター」への志を現代に甦らせようと意図して、われわれはここに古今の文芸作品はいうまでもなく、ひろく人文・社会・自然の諸科学から東西の名著を網羅する、新しい綜合文庫の発刊を決意した。

激動の転換期はまた断絶の時代である。われわれは戦後二十五年間の出版文化のありかたへの深い反省をこめて、この断絶の時代にあえて人間的な持続を求めようとする。いたずらに浮薄な商業主義のあだ花を追い求めることなく、長期にわたって良書に生命をあたえようとつとめるところにしか、今後の出版文化の真の繁栄はあり得ないと信じるからである。

同時にわれわれはこの綜合文庫の刊行を通じて、人文・社会・自然の諸科学が、結局人間の学にほかならないことを立証しようと願っている。かつて知識とは、「汝自身を知る」ことにつきていた。現代社会の瑣末な情報の氾濫のなかから、力強い知識の源泉を掘り起し、技術文明のただなかに、生きた人間の姿を復活させること。それこそわれわれの切なる希求である。

われわれは権威に盲従せず、俗流に媚びることなく、渾然一体となって日本の「草の根」をかたちづくる若く新しい世代の人々に、心をこめてこの新しい綜合文庫をおくり届けたい。それは知識の泉であるとともに感受性のふるさとであり、もっとも有機的に組織され、社会に開かれた万人のための大学をめざしている。大方の支援と協力を衷心より切望してやまない。

一九七一年七月

野間省一